Das goldene Wienerherz

Ein Plädoyer für die Stadt
und ihre Bewohner

Metroverlag

Wien bleibt Wien –
und das ist wohl das Schlimmste, was man
über diese Stadt sagen kann.

Alfred Polgar

Inhalt

Max Winter

Das goldene Wiener Herz

Der Wiener ist sentimental und der Schmeichelei zugänglich wie kaum ein zweiter Großstädter. Diesen beiden Eigenschaften des Wieners danken wir das alte Wort vom »goldenen Wiener Herzen«. Es ist lange her, seit es geprägt wurde, so lange, daß der Wiener nun selbst schon daran glaubt, vor allem darum, weil es ihm schmeichelt, als »guter Kerl« ausgeschrieen zu werden. Dennoch paßt das Sprüchlein, daß nicht alles Gold ist, was glänzt, für nichts besser, als für das »goldene Wiener Herz«.

Wer da tiefer hineinsieht, wer selbst als Armer und Elender die Straßen durchirrt und Hilfe heischend an die Pforte des goldenen Wiener Herzens pocht, der erkennt bald an dem Klang das Blech der Schmeichelei. Ein Abgrund von Jammer und Leid öffnet sich vor dem erschauernden Blick und die Teilnahmslosigkeit und Härte halten vor ihm Wacht. Wie oft bin ich diesen beiden Wächtern begegnet, da ich beobachtend die Straßen ging, die sonst nur die Armut sieht. [...]

Stefan Zweig
Die Welt von Gestern *(Auszug)*

Dieser Fanatismus für die Kunst und insbesondere für die theatralische Kunst ging in Wien durch alle Stände. An sich war Wien durch seine hundertjährige Tradition eigentlich eine deutlich geschichtete und zugleich – wie ich einmal schrieb – wunderbar orchestrierte Stadt. Das Pult gehörte noch immer dem Kaiserhaus. Die kaiserliche Burg war das Zentrum nicht nur im räumlichen Sinn, sondern auch im kulturellen der Übernationalität der Monarchie. Um diese Burg bildeten die Palais des österreichischen, polnischen, tschechischen, ungarischen Hochadels gewissermaßen den zweiten Wall. Dann kam die »gute Gesellschaft« bestehend aus dem kleineren Adel, der hohen Beamtenschaft, der Industrie und den »alten Familien«, darunter dann das Kleinbürgertum und das Proletariat. Alle diese Schichten lebten in ihrem eigenen Kreise und sogar in eigenen Bezirken, der Hochadel in seinen Palästen im Kern der Stadt, die Diplomatie im dritten Bezirk, die Industrie und die Kaufmannschaft in der Nähe der Ringstraße, das Kleinbürgertum in den inneren Bezirken, dem zweiten bis neunten, das Proletariat in dem äußeren Kreis; alles aber kommunizierte im Theater und bei den großen Festlichkeiten wie etwa dem Blumenkorso im Prater, wo dreimal hunderttausend Menschen die »oberen Zehntausend« begeistert in ihren wunderbar geschmückten Wagen akklamierten. In Wien wurde alles zum festlichen Anlaß, was Farbe oder Musik entäußerte, die religiösen Umzüge wie das Fronleichnamsfest, die Militärparaden, die »Burgmusik«; selbst die Begräbnisse fanden begeisterten Zulauf, und es war der Ehrgeiz jedes rechten Wieners, eine »schöne Leich« mit prunkvollem Aufzug und vielen Begleitern zu haben; sogar seinen Tod verwandelte ein richtiger Wiener noch in eine Schaufreude für die andern. In dieser Empfänglichkeit für alles Farbige, Klingende, Festliche, in dieser Lust am Schauspielhaften als Spiel- und Spiegelform des Lebens, gleichgültig ob auf der Bühne oder im realen Raum, war die ganze Stadt einig.

Über diese »Theatromanie« der Wiener, die wirklich mit ihrer Nachspürerei nach den winzigsten Lebensumständen ihrer Lieblinge manchmal ins Groteske ausartete, war zu spotten keineswegs schwer, und unsere österreichische Indolenz im Politischen, das Zurückbleiben im Wirtschaftlichen gegenüber dem resoluten deutschen Nachbarreich mag tatsächlich zum Teil dieser genießerischen Überschätzung zuzuschreiben sein. Aber kulturell hat diese Überwertung der künstlerischen Geschehnisse etwas Einzigartiges gezeitigt – eine ungemeine Ehrfurcht vorerst vor jeder künstlerischen Leistung, dann in ihrer jahrhundertelangen Übung ein Kennertum ohnegleichen und dank dieses Kennertums wiederum schließlich ein überragendes Niveau auf allen kulturellen Gebieten. Immer fühlt sich der Künstler dort am wohlsten und zugleich am angeregtesten, wo er geschätzt und sogar überschätzt wird. Immer erreicht Kunst dort ihren Gipfel, wo sie Lebensangelegenheit eines ganzen Volkes wird. Und so wie Florenz, wie Rom in der Renaissance die Maler an sich heranzog und zur Größe erzog, weil jeder fühlte, daß er in einem ständigen Wettstreit vor der ganzen Bürgerschaft die andern und sich selbst ununterbrochen übertreffen mußte, so wußten auch die Musiker, die

Schauspieler in Wien um ihre Wichtigkeit in der Stadt. In der Wiener Oper, im Wiener Burgtheater wurde nichts übersehen; jede falsche Note wurde sofort bemerkt, jeder unrichtige Einsatz, jede Kürzung gerügt, und diese Kontrolle nicht etwa nur bei den Premieren durch die professionellen Kritiker geübt, sondern Tag für Tag durch das wachsame und durch ständiges Vergleichen geschärfte Ohr des ganzen Publikums. Während im Politischen, im Administrativen, in den Sitten alles ziemlich gemütlich zuging, und man gutmütig gleichgültig war gegen jede »Schlamperei« und nachsichtig gegen jeden Verstoß, gab es in künstlerischen Dingen keinen Pardon; hier war die Ehre der Stadt im Spiel. Jeder Sänger, jeder Schauspieler, jeder Musiker mußte ununterbrochen sein Äußerstes geben, sonst war er verloren. Es war herrlich, in Wien ein Liebling zu sein, aber es war nicht leicht, Liebling zu bleiben; ein Nachlassen wurde nicht verziehen. Und dieses Wissen um das ständige und mitleidlose Überwachtsein zwang jedem Künstler in Wien sein Äußerstes ab und gab dem Ganzen das wunderbare Niveau. Jeder von uns hat von diesen Jugendjahren ein strenges, ein unerbittliches Maß für künstlerische Darbietung in sein Leben mitgenommen. Wer in der Oper unter Gustav Mahler eisernste Disziplin bis ins kleinste Detail, bei den Philharmonikern Schwungkraft mit Akribie als selbstverständlich verbunden gekannt, der ist eben heute selten von einer theatralischen oder musikalischen Aufführung voll befriedigt. Aber damit haben wir gelernt, auch gegen uns selbst bei jeder Kunstdarbietung streng zu sein; ein Niveau war und blieb uns vorbildlich, wie es in wenigen Städten der Welt dem werdenden Künstler anerzogen wurde. Aber auch tief in das Volk hinab ging dieses Wissen um richtigen

Rhythmus und Schwung, denn selbst der kleinste Bürger, der beim »Heurigen« saß, verlangte von der Kapelle ebenso gute Musik wie vom Wirt guten Wein; im Prater wiederum wußte das Volk genau, welche Militärkapelle den meisten »Schmiß« hatte, ob die »Deutschmeister« oder die »Ungarn«; wer in Wien lebte, bekam gleichsam aus der Luft das Gefühl für Rhythmus in sich. Und so wie diese Musikalität sich bei uns Schriftstellern in einer besonders gepflegten Prosa ausdrückte, drang das Taktgefühl bei den andern in die gesellschaftliche Haltung und in das tägliche Leben ein.

Ein Wiener ohne Kunstsinn und Formfreude war undenkbar in der sogenannten »guten« Gesellschaft, aber selbst in den unteren Ständen nahm der Ärmste einen gewissen Instinkt für Schönheit schon aus der Landschaft, aus der menschlich heiteren Sphäre in sein Leben mit; man war kein wirklicher Wiener ohne diese Liebe zur Kultur, ohne diesen gleichzeitig genießenden und prüfenden Sinn für diese heiligste Überflüssigkeit des Lebens.

Anton Kuh

Der wahre und der falsche Heurige

Grinzing, die liebliche Weinvorstadt Wiens, wo Beethoven seine Symphonien schrieb, feierte Sonntag unter großer Beteiligung aller Heurigen-Wirte das Jubiläum ihres 500-jährigen Bestehens.

Kommt ein Fremder zum erstenmal nach Wien und erkundigt sich nach jenen Ortsgenüssen und kulturellen Eigenbaugewächsen, die in keinem Reisehandbuch stehen, so hört er unter hundert Malen neunundneunzigmal die Frage: »Waren Sie schon bei einem Heurigen? Da müssen Sie unbedingt hin! Nach Grinzing, Liebhartstal, Sievering oder auf die Hohe Warte.«

Hierauf geschieht dem Manne folgendes: Er wird in ein Auto gepackt und hält nach einer Viertelstunde vor der breiten Einfahrt eines ebenerdigen Hauses, unter dessen Giebel an einem herausgesteckten Besenstiel ein Stück vergilbtes Tannenreisig baumelt – Wahrzeichen des »Heurigen«. Eine lange Autokolonne ruht in Vergessenheit, die Chauffeure sind mit eingeladen.

Im Flur springt ihn Fidelität an; da sich hier zumeist jene versteckten Orte befinden, wo sich der Frohsinn substantielle Erleichterung schafft, stapfen paarweise, Dampf vor dem Mund und glasigen Auges, seltsame Giganten über den Hof, indes je drei Weiber in eine verschlossene Holztür hineinreden. Aus dem Hintergrund brodelt etwas Musikalisches, Mischung aus Gebrumm, Gesang und Gefiedel. Das streckt nach dem Ankömmling die Fänge aus, zerrt ihn zu sich nach rückwärts.

Er tritt in einen langgestreckten, niedrigen Raum, Dorfschenke von Tanzbodendimension; die Tische sind lang, roh gezimmert, ungedeckt, zu beiden Seiten laufen Sitzbänke. Die Luft brutwarm von einem Qualm, in dem sich Klänge und Gerüche mengen: Tabak, Harmonika, Fusel, Gelächter, Gewisper, Wein und Lied. Girlanden und Lampions hängen von der Decke – offenbar, damit der Gast nicht bloß akustisch und aromatisch, sondern auch optisch restlos umwickelt wird.

Die Stimmung ist friedlich, aber laut: die jungen Herren mit Knopflochgezier, die an der Seite weinroter Mädchen (beide Teile sehen verdächtig nach dem Vorraum eines Rechtsanwaltsbureaus aus) das schöne »Stumpfsinns«-lied erklingen lassen, wären eher in einer Burschenkneipe denkbar; die Korrektheitsgesichter, die jetzt mit einem winzigen Spaßhütchen auf dem Schädel Weltvergessenheit markieren, sehen auch nicht ermunternd aus; ihr Duliäh hat die Vorsätzlichkeit nördlicher Zonen. Ansonsten freilich scheint für soziale Gemischtheit Vorsorge getroffen; immerhin hat zwischen je zwei Nobelgästen (deren Auto draußen wartet) ein stiller Hausknecht oder Schustergehilfe Platz, der vergnügt herumäugt.

Der Wein wird gebracht (ohne Bestellung) in einer unhübschen Kelchflasche, die eher zu Säuglingsmilch als zu heurigem Wein paßt.

Wie schmeckt er? Nun, die Wangenmuskeln widerstreben zuerst. Der »Sod« – dieses Körperorgan, das ein Wiener Humorist kürzlich entdeckte – sträubt sich dagegen. Aber der Trank riecht. Wiesenhang und Beere mit dem rätselhaften Zuschuß eines Vomitivs, das allen Heurigenorten gemeinsam ist und dessen Geschmack nach neuestem Sprachgebrauch vielleicht nur mit einem optischen

Wort, nämlich »gelb«, wiedergegeben werden kann. Der Geruch ist stark, er gärt gleichsam noch im Glase; das Aroma: ein schwacher Mosel- oder Franken-Wein mit ungarischem Süßwein verschnitten.

Aber kommt's darauf an? In zehn Minuten hängen die Lampions schief. Der Einzellärm von den Tischen ist in einen Lärmbrei ineinandergeflossen. Vom Tisch der Musikanten (warum der eine, mit der Ziehharmonika, doch immer ein Holzbein hat?) klingen unablässig, im Kutschiertakt, Wiener Weisen. Zwei Stimmungssänger pflanzen sich vor dem Fremden auf – vor ihm besonders: der Kleine, Dicke, ist Tenor, der Große, Magere, Bariton. Sie sehen sich zuerst an, drohen einander mit steifem Zeigefinger die verschmitztesten Stellen zu und fahren dann, der eine kühner, einen Schritt vorwärts, der andere diskret im Hintergrund, auf den Gast los: Der weiß zunächst nicht, was er mit der treuherzigen Versicherung: »I kenn' kan Neid!« oder wenn es hochdeutsch zugeht: »Liebchen, fahr' mit dem Propeller!« anfangen soll, versucht den Augen, die ihn dabei todernst anstarren, unbekannterweise standzuhalten, gibt aber die Bemühung sogleich auf, indem er den beiden (so er gut beraten wurde) ein Glas Wein nebst einigen Banknoten hinreicht. Doch ist das Ende noch weit, dem Fremden ist der Fremde zu sehr ins Gesicht geschrieben; er muß noch die schönen Lieder in Empfang nehmen: »Zuschau'n mag i net!« und »Wenn i amal ins Wirtshaus kumm!«

»Schluß, meine Hirrn! Schluß, meine Hirrn!« ruft auf einmal von hinten mit der Resolutheit des Hinauswerfers der freundliche Ausschenker von zuvor; alle, die noch eben dienstbar lachten, sich krümmten, den Besucher mit »Hetz« und »G'stanz« umwedelten, sehen unnahbar pflichternst, rabiat drein. So rasch und nur durch die Sperrstunde bestimmt, wandelt sich der willkommene Anakreontiker in den lästigen Bsuff!

Die Musikkapelle hält den Teller auf: die Sänger machen einen erwartungsvollen Bückling; mystische Worte umsäuseln von allen Seiten das Gehör: »Musikschatz ... Der Zigarrenbua ... D'Tolettfrau ... Fir'n Schaffeur«; der Salamimann, die Bäckereienfrau, der Mann mit den Juxhüten bilden einen Abschiedskordon. Durch den Lärm schneiden die Rufe: »A Ruah geben S'!« – »Weibi, Weibi, sei doch nicht so ...« – »Zahln biddä, zahln biddä ...« und alles übertönend »Schluß, die Herren!« (Es klingt wie: »Schloß die Hirn.«)

Und während dies alles, der Dampf und Suff und Braus, noch in einer letzten Welle hochgeht, gewahrt der Besucher bei der Eingangstür, zwei Meter groß, dickwamsig eingewickelt, statuensteif einen Wachmann.

Der Fremde tappt in die Nacht hinaus; es war schön und gemütlich, ja, aber der Wein brennt noch ein wenig nach, und das Ohr ist betäubt und die Brieftasche so dünn – war's am Ende nicht Berliner Aufmachung des Wienertums? Lokalkolorit en gros?

Die Rechnung stimmt. Denn, o Fremder, was du hier mehr zu Gehör als zu Gesicht bekamst, das war eben der Heurige, den man den Fremden zeigt; der mit Stimmungssängern, Lampions und Autokolonne. Es gibt aber gottlob – und nun merk' auf – noch einen anderen.

Dieser andere – kein Plakat verrät sein Haus – ist der Wallfahrtsort der Trinker und Kenner; er ist nicht Tag für Tag, sommers und winters geöffnet, denn der Wirt schenkt redlicherweise nur so lange aus, als sein kleiner Weinberg noch einen Tropfen hergibt. (Er verschneidet nicht, bietet nur Eigengewächs.) Man muß also Erkundigungen einziehen, sich geheim unterrichten lassen: wer jetzt den Besten hat. Einer tuschelt's dem anderen zu: »In der Armbrustergassen auf sieben – da werden S' dran denken!« oder: »Im Kasgraben auf Numero zwölf, a kleiner, aber gut!« Auch dort halten die Gefährte; aber gewiß keine Luxuswagen, vielmehr Trabergespanne, Gigs und richtige Zeugeln.

Der Raum ist klein, mehr Stube als Wirtshaus. Der Wirt macht den Kellner. Tische und Bänke sind nicht erst auf Einfachheit präpariert, oft müssen die Sitzgelegenheiten aus der Wohnung geschleppt werden; wird im Freien ausgeschenkt, so umsäumt dich in der Regel ein trauliches, zwischen Obstbäumen, Stall und Berghang eingeklemmtes Idyll, italienisch, aber voll bajuvarischer Zartheit.

Die Gäste ... nein, ihre Mischung ist nicht zu einem Vorführungszweck bereitgestellt. Hier läßt sich wirklich das Wunder erleben, daß der Nachbar zur Rechten ein Kutscher und der zur Linken ein Großhändler ist, beide verbunden durch die Liebe zum gleichen Trank. Liebespaare, die beim anderen, dem Hochdeutsch-Heurigen, das Zwecktempo ihres Beisammenseins nicht verleugnen, drücken sich hier, die Minuten auskostend in die Ecke, dämmrige Schubert-Luft umweht ihre Gesichter. Die Frohlaune gröhlt nicht, sie summt; und man braucht sich keinem vorzustellen, um an seinem Tisch zu sitzen und ihn anzureden.

So rasten sie hier wie Wissenschaftler der Heiterkeit. Was ist die engere Materie, über die sie disputieren, Mann, Weib und Kind? Der Wein. Er wird geschlürft, zerdrückt, besprochen, verglichen. Wein-Weise sitzen da, die in einem Dialektgemisch aus Böhmisch und Wienerisch

Seminare über ihn halten. Und er verdient's! Hier ist das Ekelgeld nicht spürbar; scharf und stürmisch treibt in ihm die Wiese, die Sonne; der ganze, kühlgelegte Sommer eines Jahres! Du trinkst den Kahlenberg in dich hinein; stärkst dich mit den Ursäften der Wiener Hügel. Was braucht's dazu Schrammelklänge und Holdrioh? Ein alter Zitherspieler, dem man zum Dank ein paar Münzen hinwirft, ein gstanzelkundiger Mann aus der Runde – genug! Dafür ist es auch die wahre, wienerische Musik.

Franz Werfel

Dezemberabend in Wien 1936

O winterliche Fünf-Uhr-Stunde!
Der Himmel überm Kahlenberg
Vertropft die blasse Seitenwunde
Ins aufgebauschte Wolkenwerg.

In Grinzing und in Heiligenstadt
Entspringt das Licht in langen Zeilen.
Mondhoch bewacht ein Ziffernblatt
Den Park, wo frierend Menschen eilen.

Mein Blick geht den Vermummten nach,
Die mühsam sich durchs Dunkel treiben.
Ein schweres Omen stäubt vom Dach
Drei Würfe Schnee an meine Scheiben.

Joseph Roth

Reise nach Kultur-Wien

Auf der Fahrt nach Kultur-Wien soll man Doktor Smilasch kennenlernen. Doktor Smilasch ist ein österreichischer »Hof- und Gerichtsadvokat«, ein Exemplar einer im Nichtaussterbenwollen begriffenen Juristengattung. Eine Dame, Pseudowitwe nach einem totgeglaubten, aber nicht erweislich toten Gatten, hat die Absicht, sich wieder zu verheiraten und darf es nach den geltenden, mit dem Bigamiestrafparagraphen drohenden gesetzlichen Bestimmungen vorderhand nicht. In solchen Fällen geht der Mensch zu Herrn Doktor Smilasch. Dieser Hof- und Gerichtsadvokat läßt irgendwo in Asien, Klein- oder Halbasien, dem vielleicht schon toten, möglicherweise aber noch lebenden Gatten einen Grabstein setzen und hat dermaßen den Beweis erbracht, daß der Mann begraben ist, folglich tot. Und die Dame kann heiraten. Diesen Doktor Smilasch (den ich in Walther Rodes jüngst erschienenem, äußert amüsantem und lehrreichem Buch »Jurisprudenz, Juristen und anderes« kennengelernt hatte) in Wien zu treffen, freute mich sehr. Ich habe ihn bis jetzt nicht gesehen. Aber ich stieß, auf der Suche nach ihm, auf einen anderen Österreicher, einen italienischen Berichterstatter, der mir herrliche Dinge von Florenz, Mailand und Neapel und Rom erzählte und dem ich dafür seinen Mokka bezahlen mußte. Der italienische Berichterstatter hatte nämlich keine österreichischen Kronen. Nicht weil er seine Lire nicht gewechselt hatte, sondern weil er auch keine Lire besaß. Er war nämlich gar kein italienischer Berichterstatter, wenigstens kein in Italien reisender. Er las im Kaffeehaus die italienischen Blätter, schrieb sensationelle Berichte, sammelte alte italienische Marken und klebte sie kunstvoll auf Umschläge. Mit den Umschlägen ging seine Frau in die Redaktion, und von den Honoraren konnten beide gemächlich sterben. Dieser begabte Schriftsteller verdiente wohl, hier genannt zu werden, allein solches verbietet die Diskretion und meine Kenntnis der Tatsache, daß der Berichterstatter seit jüngster Zeit dänische Briefmarken sammelt, um demnächst nach Kopenhagen reisen zu können.

Die Wiener Kultur spielt sich zum großen Teil in dem Kaffeehaus ab, in dem ich angeblich sitze. Am Nebentisch sprechen zwei Literaten über Rabindranath Tagore, der auch Wien seines Besuches würdigt. Die Wiener Literaten sind freche Menschen und streiten um den Bart des Propheten Tagore. Die Wiener Literaten sind glattrasiert und glauben, daß Bartlosigkeit das Abzeichen des Talentes ist. Der eine sagte, Rabindranath Tagore stamme aus Prag wie alle Literaten. Das klang wie eine Anerkennung und war doch ein Hohn. Denn wenn der Wiener Schriftmensch jemanden verhöhnen will, setzt er ihn sich selbst gleich. Er weiß, daß er minderwertig ist. Und er bleibt es. Er will nicht höher kommen. Er will andere tiefer kommen sehn.

Vor einigen Tagen starb ein bekannter Frauenarzt. Er hatte sich infiziert, und er wußte, daß er sterben würde. Eine halbe Stunde vor seinem Tode zählte er seinen Puls und sagte seiner Frau, die an seinem Sterbebett saß: »144 in der Sekunde! Noch eine halbe Stunde!« Dieses Verhältnis zum eigenen Tod erscheint mir grausam und wissenschaftlich und die Art des Doktors zu sterben weniger heldenhaft als berufsmäßig. Aber sie scheint wie geeignet, das Märchen von der Unsachlichkeit des Wiener Menschen und den Feuilletonismus der Wiener Wissenschaft zu widerlegen. Allerdings fällt in Wien vielleicht selbst einem Nichtfachmann das Sterben leichter. Denn jene, die einen Teil der Wiener Kultur ausmachen, nämlich Professoren und Ärzte, erhalten hier monatlich ein Trinkgeld von ungefähr zwölftausend Kronen, das sind etwa tausend Mark.

Im Schönbrunner Schloßtheater hatte man versucht, Bernard Shaws »Helden« zu spielen. Die bulgarischen Studenten der Wiener Universität unterscheiden sich wenig von denen der Berliner. Sie demonstrierten in Wien, wie sie in Berlin demonstriert hatten, und setzten es durch, daß die »Helden« behördlich verboten wurden, aber ehe das Stück abgesetzt wurde, geschah etwas sehr Wienerisches: Die Theaterleitung gab das Stück nach einem Abend nach sorgfältig ausgemerzten bulgarischen Anspielungen. Es spielte irgendwo. Dort, wo Bulgaren vorkommen sollten, kamen Nichtse, Niemande vor. Denn stets bereit zu Halbheiten und Kompromissen sind Wiener Theaterleitungen. Nicht so das Wiener Publikum. Es demonstrierte nicht für die Beibehaltung des Bulgarischen beziehungsweise Antibulgarischen, aber es verhielt sich kühl. Es hat nichts gegen die Bulgaren. Aber gegen unredliche Versuche der Theaterleitungen, Skandale zu verhindern und dennoch Kassenerfolge zu erzielen.

Redliche Kassenerfolge hat eine jiddische Volksbühne in Wien aufzuweisen. Die Schauspieler sind russische Juden. Die Stücke ostjüdische Schauspiele. Der Inhalt ostjüdisches Volksleben; Volkssterben auch. Die Regie geschickt. Die Sprache jiddisch. Die Kunst gutes Mittelmaß. Die Ausdrucksform sentimentale Pathetik. Die Begeisterung groß. Die Tendenz national. Die Kritik lobend. Die Arbeit emsig. Der Erfolg redlich verdient.

Allein Kunst, mit nationaler Begeisterung einem fremdnationalen (doch nicht so fremden) Publikum vorgespielt, hat einen unangenehmen Beigeschmack und ist gewollt. Der Star dieses Theaters stammt aus Moskau und nennt sich prononziert: Ben Zwi. Gegen die nationale Überzeugung, gegen Stolz und Volksbewußtsein ist nichts einzuwenden. Nur gegen das Programmatische, das in solchen künstlerischen Demonstrationen liegt. Es setzt künstlerische Leistung herab. Auch der nationale Gedanke kann Kunst gebären. Aber wie propagiert selbst die also geborene Kunst den nationalen Gedanken.

Im Jahre 1898 starb der berühmte Wiener Pestforscher Hermann Müller. Man begrub ihn auf dem Zentralfriedhof und schmiedete um seinen Grabstein einen bronzenen Lorbeerkranz. Durch den Sturz der Valuta stieg der Wert der bronzenen Lorbeerkränze. Gestern stahl jemand dem toten Pestforscher den Lorbeerkranz und erwies also die Nichtigkeit jedes irdischen Symbols. Gewiß ist die Tat des Diebes eine verruchte Untat. Aber bedeutende tote Pestforscher brauchen keine Lorbeerkränze. Der Mann, der es stahl, hungerte vielleicht. Hunger und Pest sind verwandte Angelegenheiten. Hermann Müller bekämpfte die Pest. Der Dieb bekämpfte den Hunger, wenn auch seinen eigenen.

Ich glaube, daß die Zeit der Lorbeerkränze vorbei ist, Pietät, die sich in Valutawerten kundgibt, ist überflüssig und unecht. Die Not bricht Bronze.

Nichtsdestoweniger wird nächstens in Wien ein Johann-Strauß-Denkmal enthüllt. Denn Denkmäler sind notwendig. Bildhauer leben zum Beispiel von Denkmälern. Diebe, das sind Menschen in Not, leben auch von Denkmälern. Hier schließt sich der Kreis der Wiener Gegenwartskultur.

Heimito von Doderer

Untergang einer Hausmeisterfamilie zu Wien im Jahre 1857

Des Hausmeisters Hoffart schwoll. So war's immer, wenn er durch seinen Herrschbereich emporstieg, an den Wohnungstüren vorbei über die Stiegen stapfend. »Können Sie nicht grüßen?« sagte er zu dem Arzte Dr. Katona, der eben die Treppe herabkam. »Ich wollt' Sie grad dasselbe fragen, Herr Wallauschtschek«, bemerkte der Doktor und war schon vorbei. Da sich das Ungeheuerliche, welches mit des Arztes Worten gesetzt war, rein innerhalb des Sprachlichen, also gedrängt und genau, abgespielt hatte, durchbrach es nicht des Hausmeisters Kruste, und er wurde eines revolutionären Aktes von äußerster Deutlichkeit garnicht gewahr. Vielmehr stieg er ruhig weiter in seiner Omnipotenz, während der Arzt ins Treppenhaus und in Belanglosigkeit versank. Hinter den Türen der Wohnungen saßen die Parteien und lauschten mit gefletschten Zähnen den vorbeikommenden Schritten des Hausmeisters, die sich zum Dachboden hinauf verloren. Vom Druck und Andrang des Grimmes der Dahintersitzenden waren die Wohnungstüren nur ganz leicht nach außen gebaucht, so daß es Herr Wallauschtschek nicht unbedingt bemerken mußte.

Hierin gründete sein Unglück und auch das seiner Familie. Die etwa acht Tage nach der Begegnung des Hausmeisters mit dem Doktor Katona plötzlich hereinbrechende Katastrophe – welche freilich in keinem direkt ursächlichen Zusammenhang mit jener Begegnung stand, nur in einem solchen von höherer Ordnung, weil eben gerade damals die Hybris zur Perfektion gediehen war – die Katastrophe also hätte von Wallauschtschek innerhalb des genannten Zeitraumes doch vorausgesehen werden können, hätte er nur im Stiegenhause einmal die fast allgemein immer stärker und augenfälliger werdende Bauchung aller Wohnungstüren beachtet. Es war schon geradezu eine Ausbeulung, so weitgehend, daß man sich wundern mußte, wie es den Mietparteien möglich blieb, dermaßen geworfene Türen zu öffnen und zu schließen. Als das Holz schließlich dem Drucke und Andrang des Grimms ganz nachgab, splitterte und brach, so daß die Türen gleichsam platzten – es geschah dies fast gleichzeitig in allen Stockwerken – ergoß sich ein Strom von Mietern die Treppen herab und drang unter markerschütterndem Wutgebrüll und wilden Gestikulationen in die Hausmeisterwohnung ein.

Die Ausrüstung dieses Sturmtrupps war eine merkwürdige und einheitliche: Reißbürsten, Seife in groben großen Stücken, Reibtücher. Es wurden fünfzehn Eimer mit desodorisierenden und desinfektiven Lösungen herbeigetragen.

Das erste aber, was zunächst geschah, war, daß der Hausmeister ohnmächtig wurde (was bei solchen Leuten ganz und gar ungewöhnlich ist), nicht vor Schreck, sondern infolge von zwei Ohrfeigen, welche genügt hätten, einem Elephanten geschwollene Backen zu machen. Der sie verabreichte, war ein akademisch gebildeter Mensch, nämlich der Doktor Katona. So weit ging es damals. So weit konnte es durch das überhandnehmende Hausmeisterunwesen kommen. Während man die Schwiegermutter Wallauschtschek's, die wie eine Ratte pfiff, in hohem Bogen auf die Gasse warf, so daß sie bis in die

Mitte der Fahrbahn und in eine Pfütze von Schneewasser flog (in welcher sie denn nun saß und gellend schrie), wurde die Hausmeisterin durch ein kleines Fenster in den Lichthof hinausgestopft.

Jetzt auch trat der wahre und unterste Grund dieser schrecklichen Berserkerei herauf. Jene eigentümliche und durchdringende Ausdünstung, die von allen hausmeisterischen Individuen ausgeht und deren Behausungen erfüllt (die Wissenschaft nennt es »foetor conciergicus«), hatte in der letzten Zeit, offenbar durch verstärkte Absonderung, an Intensität zugenommen – manche schreiben übrigens den »foetor c.« ausschließlich den Hausmeisterküchen zu, in welchen näher kaum zu beschreibende Gerichte bereitet werden, die bei den anderen Zeitgenossen nicht vorkommen. Jene Zunahme der Intensität des »foetor« mußte wohl, auf dem Wege über das Treppenhaus und den Lichthof, allmählich das Leben aller Mieter auf quälende Weise gewissermaßen unterwandert haben, nicht durch ständige Einwirkung, sondern, was den Effekt nur verstärken konnte, durch wellenweises Eintreffen, sobald eben in der Portierloge verstärkte Sekretion eintrat. Es ist anzunehmen, daß mit feineren Instrumenten schon lange vor der Begegnung Doktor Katona's mit Herrn Wallauschtschek im Treppenhause eine Bauchung sämtlicher Wohnungstüren wäre feststellbar gewesen. Nichts reizt tiefer den Grimm als Gerüche.

So trat denn alsbald nach Erstürmung der Portierloge das mitgebrachte und schon früher genannte Instrumentarium in turbulente Aktion. Im Handumdrehn waren alle Möbel auf den Gang getragen und dann trieb Guß um Guß ein Eimer nach dem anderen schmutzig-trübe Randwellen voran durch die Räume: dahinter stürmte das Gefuchtel der Besen und Reibtücher vor, während man draußen noch die Möbel mit Bürsten und Seifen wütend angriff. Alles geschah blitzschnell unter tiefem Schweigen im dikken Karbolgeruche, und obwohl die Polizei sehr bald eintraf – wozu jene wie eine Dampfsirene auf der Straße gellende Schwiegermutter das Ihre beigetragen haben mochte – wurde niemand mehr am Platze angetroffen. Alle saßen wieder hinter ihren Türen, die, glatt und eben, nun keinerlei Ausbuchtung zeigten.

Die langwierigen polizeilichen und gerichtlichen Folgen der Aktion (auch der Doktor Katona wurde seiner Elephanten-Watschen wegen belangt) nahm der Eigentümer des Hauses – der allerdings anderswo wohnte – als gelassener Zuschauer hin. Nur von einer Wieder-Einsetzung der Familie Wallauschtschek in Amt und Wohnung wollte er durchaus nichts hören und wissen, obwohl der mächtige »Bund Wiener Hausmeister« – damals noch eine Geheim-Verbindung, nicht eine Körperschaft öffentlichen Rechts – den Hausherrn mit allen nur erdenklichen Mitteln und Drohungen unter Druck setzte; vergebens; die Wallauschtscheks mußten aus dem Hause und er brachte es wirklich fertig sie loszuwerden. (So etwas war damals noch möglich.) Die Festigkeit der Haltung des Hausherren hinterließ einen bleibenden, wir möchten sagen: einen die Hoffart dämpfenden Eindruck. So ist es denn in Wien durch ein halbes Jahrhundert zu keinen Gewalttaten gegen Hausmeister mehr gekommen, denn erst 1907 wieder ereigneten sich in einem Hause der Vorstadt Hernals ähnliche Ausschreitungen.

Theodor Kramer

Der Würstelmann

An der Ecke sperr ich meinen Stand
sorgsam auf, kaum daß der Tag erlischt;
Brett und Messer leg ich mir zur Hand,
das Karbidlicht meiner Lampe zischt.
Naht ein Gast, den noch die Nacht beschwingt,
Käse und Salami stehn bereiht;
aber die, für die mein Kessel singt,
kommen Nacht für Nacht zu selben Zeit.

Für den Diener, der die Sesselreih
räumte, leg ich Senf zur Burenwurst,
für den Setzer, dem der Schlund nach Blei
schmeckt, ein Brötchen gegen seinen Durst.
Leichte Mädchen, von der Liebe schwach,
treten aus der Gassen Finsternis,
halten sich mit einer Gurke wach,
schlingen Brot und Wurst auf einen Biß.

Die ihr aus dem schwarzen Ziergesträuch
für die müden Schläfen Wind wünscht, gern
steht mein Abfallkübel offen euch
für die Wursthaut, für den Kirschenkern.
Überwacher Schweiß ist uns gemein,
unter heißen Sohlen der Asphalt,
und die Stille, die im schwanken Schein
taub in den geschärften Ohren hallt.

Wen am Nachmittag mein Ärmel streift,
dessen Wangen erdnußfarbne Ruh
zeichnet, dessen Hand ins Leere greift,
freundlich zwinkert ihm mein Auge zu.
Weil er treten in der großen Stadt
einst an meinen Stand in fahler Nacht
könnte, steht der Schauer, den sie hat,
über ihm und mir schon aufgemacht.

Elias Canetti

Die 38er Tram

Es war keine lange Strecke, ich befuhr sie von Endstation zu Endstation, keine halbe Stunde lang. Aber die Fahrt hätte auch länger dauern können, es war eine interessante Strecke und ich tat nichts lieber, als mich in der Schleife von Grinzing in einem Wagen zu installieren, um die frühe Nachmittagszeit, als ich hineinfuhr, war der Wagen noch beinahe leer. Ich setzte mich in Freiheit und öffnete das Buch, das ich als eines unter mehreren bei mir hatte. Das Quietschen der Gleise komplettierte meine Partitur. So tief ich in sie versank, nicht alle Sinne wurden von ihr beansprucht, ich war auch jeder Haltestelle gewärtig und achtete auf jeden, der auf der Bank gegenüber Platz nahm. Es war die rechte Distanz, um Menschen zu betrachten. Erst setzten sie sich schütter, in einiger Entfernung voneinander hin. Mit jeder Station blieben weniger Zwischenräume. Die sich auf meine eigene Bankreihe setzten, waren der Betrachtung verloren. Die Entfernteren wurden von denen verdeckt, die mir zunächst saßen, ich konnte sie nur anschauen, wenn sie erschienen oder später sich wieder zum Aussteigen erhoben. Aber es sammelten sich genug mir gegenüber an, und da es allmählich geschah, faßte man sie ruhig auf, sie folgten einander wie in wohlbedachten Abständen.

Bei der ersten Station, am Kaasgraben, stieg Zemlinsky ein, den ich als Dirigent, nicht als Komponisten kannte, ein schwarzer Vogelkopf, mit vorspringender Dreiecksnase, dem jedes Kinn fehlte. Ich sah ihn sehr oft, er beachtete mich nicht, er war wirklich in Gedanken, in Ton-Gedanken wohl versunken, während ich nur zum Schein las. Ich sah ihn nie, ohne nach seinem Kinn zu suchen. Erschien er in der Tür des Tramwagens, fuhr ich leicht auf und begann mit der Suche. Hat er es jetzt, hat er es nicht, hat er es endlich gefunden? Er hatte es nie und führte auch ohne Kinn sein sehr aktives Leben. Er galt mir als der Stellvertreter des Mannes, der zu meiner Zeit nicht in Wien war, Schönberg. Nur um zwei Jahre jünger als Zemlinsky war Schönberg sein Schüler gewesen und hatte ihm mit der Verehrung gedankt, die das Tragende seiner Natur war und die seine eigenen Schüler Berg und Webern dann ihm entgegenbrachten. Wie hatte Schönberg, der arm war, in Wien leben müssen! Während langer Jahre hatte er Operetten instrumentiert, zum billigsten Glanz Wiens hatte er zähneknirschend beitragen müssen, er, der den Weltruhm Wiens als Geburtsort großer Musik von neuem begründete. In Berlin hatte er offiziell Komposition lehren dürfen. Dann war er als Jude entlassen worden und nach Amerika emigriert. Nie sah ich Zemlinsky, ohne an Schönberg zu denken, seine Schwester war während 22 Jahren Schönbergs Frau gewesen. Ich sah ihn nie ohne Scheu, ich spürte die Konzentration dieses sehr kleinen Kopfes, von puren geistigen Abläufen gezeichnet, streng, beinah karg, nichts von der Aufgeblasenheit des Dirigenten, der er doch schließlich war. Unermeßlich war das Ansehen, das Schönberg bei jüngeren, ernstzunehmenden Menschen genoß, damit mag es zusammenhängen, daß von Zemlinskys eigener Musik nie die Rede war, ich ahnte nicht, wenn ich ihn ansah, daß es Musik von ihm gab. Wohl aber wußte ich, daß Alban Berg ihm seine ›Lyrische Suite‹ gewidmet hatte. Berg war nicht mehr am Leben, Schönberg nicht in Wien, ich war immer davon berührt, wenn Zemlinsky, der Stellvertreter, am Kaasgraben einstieg.

Die Fahrt konnte aber auch ganz anders beginnen, es kam vor, daß Emmy Wellesz am Kaasgraben einstieg, die Frau des Komponisten Egon Wellesz. Er hatte sich Verdienste um die Erforschung byzantinischer Musik erworben und war von der Universität Oxford dafür ausgezeichnet worden. Daß er Komponist war, kam wohl zur Sprache, aber nicht so, wie er sich's gewünscht hätte. Es klang so, als verarge man ihm, daß er sich auf einem anderen Gebiet ausgezeichnet hatte. Seine Frau war Kunsthistorikerin, ich betrachtete sie schon eine Weile in der Tram, bevor ich auf einer Gesellschaft ihre Bekanntschaft machte. Sie hatte einen klugen, etwas zu milden Blick, so als habe sie sich gegen eine vielleicht eher durchdringende Natur zu Milde entschlossen. In einem ausführlichen Gespräch erfuhr ich dann, woher diese Milde rührte. Sie schwärmte für Hofmannsthal, den sie gekannt hatte und wenn sie davon sprach, wie er ihr in frühen Jahren auf einem Spaziergang erschienen sei, eine überirdische Vision, verklärten sich ihre kritischen, gescheiten Züge, ihre Stimme kippte über vor Ergriffenheit und sie unterdrückte eine Träne. Sie sprach so davon, als wäre sie Shakespeare begegnet. Ich fand das lächerlich und nahm sie seither nicht mehr ernst. Erst viel später begriff ich, wie sehr sie damals schon im Einklang mit der Germanistik des Jahrhunderts war und als ich von der Gesamtausgabe in einhundertachtundachtzig Bänden erfuhr, die im Entstehen ist, begann ich mich meiner Kurzsichtigkeit zu schämen. Was gäbe ich darum, die Bildung jener Träne nachträglich zu fördern und mich in ihrer Milde zu baden.

In der Nähe des Wertheimsteinparks, da wo die 39er Linie nach Sievering abzweigt, stieg manchmal ein junger Maler ein, der in der nahen Hartäckerstraße wohnte. Ich getötet hätte, als ich verneinte, sagte er, alle Verachtung grimassierend, deren er fähig war: »Dann sind Sie eine Jungfrau!«)

Aber es war der junge Maler, der an dieser Station in die 38er Tram einstieg und mich in seiner farblos-korrekten Art begrüßte. Er war immer allein, wenn ich nach der Freundin fragte, sagte er, zurückhaltend wie sein Gruß: »Die ist zuhaus. Die geht nicht aus. Die versteht sich nicht zu benehmen.« »Und wie geht's dem Dichter mit den langen Affenarmen, der über Ihnen wohnt?« Er erriet meinen Gedanken. »Der ist ein Herr. Der weiß sich zu benehmen. Der kommt nur, wenn *ich* ihn einlade.«

Von da ab, in der Billrothstraße, stiegen schon mehr Leute ein, mit der Ruhe der Betrachtung war es meist zu Ende. Aber die Strecke hatte für mich noch andere, historische Reize. Nach dem Gürtel kam schließlich die Währingerstraße und sehr bald fuhr ich am Chemischen Institut vorbei, in dem ich einige Jahre ziel- und ergebnislos zugebracht hatte. Kein einziges Mal ließ ich mir den Blick auf das Institut entgehen, das ich seit 1929 nicht mehr betreten hatte. Ich sah mit Erleichterung, daß ich ihm entkommen war, in rascher Fahrt fuhr die Tram daran vorbei und meine Flucht wiederholte sich, die ich nie genug segnen konnte. Wie rasch man auf eine Vergangenheit zurückblicken kann und mit welcher Freude man die Errettung aus ihr streift! Mit diesem Hochgefühl gelangte ich ans Schottentor, auf jeder Fahrt durch die Währingerstraße gewann ich's wieder. Von Broch, der uns in Grinzing besuchte, wurde ich gefragt, ob das der Grund sei, warum ich jetzt in Grinzing wohne und hätte er dabei nicht den Versuch gemacht, mich mit dem durchschauenden Blick eines Analytikers anzusehen, ich hätte ihm vielleicht recht gegeben.

Friedrich Torberg

Wien? Was ist das: Wien?

Ein trüber Sonntag brach an, in einen trüben Morgen zurück kehrte der Kanzler des Landes, in einen trüben Morgen hinein erwachte die Stadt. Träg zog die Dämmerung sich hin, immer noch hin, obgleich doch etwas andres schon hätte werden müssen und entstehn. Tag oder Nacht, egal. Nur nicht dieses Zwiespältige, Halbschlächtige, Widerwillige.

Wien? Was ist das: Wien?

Über dem Stadtteil Döbling lagerte undichter Nebel, es sah nicht danach aus, als ob er jemals steigen könnte oder fallen, oder zerreißen; dazu war er zu schwach. Dünn im kahlen Geäst, schwank über Strauchwerk und Pfad – aber wenn man näherkam, war er gar nicht da. Nur nach Südwesten zu, die Hänge zur Heiligenstädter Straße hinab, schien es zäh und milchig zu schwimmen.

Wien? Was ist das: Wien?

Im »Türkenloch«, dem abschüssig engen Gäßchen, zwischen den rissigen Feuermauern nistete noch am späten Vormittag die Nacht, klebte in grauen Resten noch Schnee, dösten halb schon verkrustete Pfützen leblos dahin. Quer unten die Heiligenstädter Straße öffnete sich unsinnig breit, mit protzig überhöhtem Fahrdamm für die Straßenbahn, wozu war das alles gut. Die Kindertage, da man der hohen Geleise noch froh werden konnte und stolz, weil man dann fast in einem richtigen Eisenbahnzug zu fahren glaubte – die Tage sind lang vorbei, die Tage kommen nicht wieder. Wozu. Und wozu soll es gut sein, sich daran zu erinnern.

Wien? Was ist das: Wien?

Wer keine Erinnerung mit sich trüge. Wem keine Bilder eingeprägt wären, längst veränderte Bilder in längst veränderte Augen. Wer nicht in der Heiligenstädter Straße sogleich an Sonntagsausflug und Kahlenberg denken müßte, an Zahnradbahn und Schmetterlingsnetz. Was hilft es, daß der Kahlenberg dasteht, als wäre nichts weiter geschehn! Was ist das für eine klägliche Ausrede: sich damit zu trösten, daß es den Kahlenberg gibt! Aber die Zahnradbahn gibt es nicht mehr.

Wien? Was ist das: Wien?

Martin Hoffmann, in der Heiligenstädter Straße, an diesem Sonntag vormittag, wartet auf eine Straßenbahn Richtung Innere Stadt. Er hat um halb zwölf mit den Herren Presser und Köves ein Rendezvous, im Hotel Bristol, irgendein Filmmensch interessiert sich angeblich für ihren neuen Stoff. Carola schläft noch, sie wird ihn gegen eins abholen. Hoffentlich ist die Besprechung dann schon zu Ende. Und hoffentlich wird etwas draus. Das wäre ihm in zweifacher Hinsicht sehr recht: er kann einen Filmabschluß brauchen, und er kann das Geld brauchen. Es ist besser, mit einem Filmabschluß und mit Geld nach Amerika zu kommen. Wo nur der D-Wagen bleibt. Warum muß man denn immer so lange auf die Straßenbahn warten, wenn man es eilig hat. Und warum muß man sich denn immer diese idiotische Frage vorlegen, wenn man auf die Straßenbahn wartet ... Martin hat eine neue Zigarette angezündet, sein Blick verfängt sich an der Straßentafel nächst dem Wartehäuschen: Barawitzkagasse. Was hat es nun wieder mit der Barawitzkagasse für eine Bewandtnis -- richtig: »Zugang Barawitzkagasse«. Das stand auf einer bestimmten Kategorie von Eintrittskarten zur »Hohen Warte«, die Jahre hindurch der größte Fußballplatz Wiens gewesen ist – es bedeutete einen Unterschied von guten zehn Minuten, ob man »Zugang Barawitzkagasse« zu nehmen hatte oder »Zugang Perntergasse«. Damals hat Martin sich inbrünstig gewünscht, in Döbling zu wohnen. Jetzt wohnt er in Döbling und geht zu keinem Fußballmatch. Es freut ihn nicht mehr. Und war doch einst nicht wegzudenken aus seinem Leben.

Wien? Was ist das: Wien?

Der D-Wagen scheint heute überhaupt nicht zu verkehren. Auch aus der Gegenrichtung ist noch keiner gekommen.

Generalstreik –! denkt Martin jählings auf, sinnlos, rechenschaftslos, todtraurig im nächsten Augenblick. Generalstreik –. Es ist zum Heulen. »Schuschnigg fährt zu Hitler-Generalstreik in Wien«. Das wäre doch eine gute Zeitungsüberschrift. Es ist zum Heulen. Auch das noch. Auch das muß einem jetzt noch einfallen: daß es keinen Generalstreik mehr gibt. Und daß es zuvor einen mißglückten gegeben hat. Und noch weiter zuvor einen nicht stattgefundenen. Den mißglückten damals, im Februar 1934, hat Martin nämlich im zufällig gleichen Zusammenhang gemerkt: weil so lange keine Straßenbahn kam; ein paar Straßen weiter sah er die Wagen dann stehn, und dann sah er sie wieder fahren, und seither gibt es keinen Generalstreik mehr. Auch an den andern, an den nicht stattgefundenen, bewahrt er eine quälend eigene Erinnerung: weil er gerade an jenem 30. Januar 1933, am Tag da die deutsche Sintflut losbrach, in einem sozialdemokratischen Bildungsverein eine längst angesetzte Vorlesung abhielt; und weil nachher, als er mit ein paar Funktionären noch beisammensaß, sehr gewichtig und überzeugt die Worte fielen: »Passen S' auf – morgen machen s' in Berlin einen Generalstreik – und der Herr Hitler ist erledigt!« Der Generalstreik fand nicht statt, die Erledigung fand nicht statt, und Vortragsabende in Arbeiterheimen finden auch nicht mehr statt. – Und dort kommt schon der D-Wagen.

Wien? Was ist das: Wien?

Martin steigt ein, bleibt auf der Plattform, löst stumm den Fahrschein beim stumm herzutretenden Schaffner. Der kehrt sich sogleich wieder ab, blickt schweigend durch die trüb angelaufenen Glasscheiben, auf die Strecke, die er unzählige Male schon durchfahren hat, die er auswendig kennt bis zum Überdruß, auf die reizlose, scheußliche Strecke – die Nußdorferstraße ist das, jawohl Nußdorf – da fahr'mer halt nach Nußdorf 'naus, dort gibt's a Hetz, a G'stanz –– öde Häuserzeilen gibt es und Viadukte und die Rangiergeleise der Franzjosefsbahn, so sieht das in Wirklichkeit aus, so und nicht anders.

Wien? Was ist das: Wien?

Noch immer starrt der Schaffner durch die Glasscheiben. Vielleicht, denkt Martin, ist ihm genau so zumut wie mir, vielleicht ist er traurig und niedergeschlagen, oder wütend und flucht in sich hinein: weil man uns also gestern in Berchtesgaden endgültig verkauft hat, ihn genau so wie mich. Ich möchte ganz gerne mit ihm sprechen. Und bei dieser Gelegenheit könnte sich dann vielleicht herausstellen, daß er ein Nazi ist. Warum denn nicht? Warum sollen nicht auch die Leute im Wagen drinnen lauter Nazi sein? Weil man es ihnen nicht anmerkt? Sie lassen sich ja, obwohl das ganz leicht wäre, auch das Gegenteil nicht anmerken. Schweigend und mürrisch sitzen sie da, keiner schimpft, keiner liest in der Zeitung und sagt dann etwas dazu – na ja, wozu sollten sie auch Zeitungen lesen. Es steht ja sowieso nichts drin. Man muß ja, wenn man erfahren will was hier bei uns vorgeht, sowieso auf die ausländischen Blätter warten. In den ausländischen Blättern darf man es lesen, in den inländischen nicht. Allerdings: wer liest schon ausländische Zeitungen? Höchstens ein paar Kaffeehausjuden, und das schadet nichts.

Wien? Was ist das: Wien?

Wien an der Donau, die Hauptstadt von -- ja Schmarr'n, und schon hier beginnt der Schwindel. Wien liegt am Donaukanal und nicht an der Donau. Die übrigens gar nicht schön und gar nicht blau ist. Wieder ein Schwindel. Und so geht der Schwindel weiter, immer weiter. Hauptstadt! Was für eine Hauptstadt? Vielleicht früher einmal – aber jetzt? Es ist einfach lächerlich. Hauptstadt von was? Hauptstadt von Österreich? Was hat dieses Österreich noch mit Wien zu tun und dieses Wien noch mit Österreich? Man müßte Wien zur freien Stadt erklären, und die Mostschädel, die kropferten, sollen sich anschließen an wen sie wollen. Das ist vielleicht die Lösung! würde der Professor Bachrach sagen, den hab ich schon lang nicht gesehn, ich muß ihn wieder einmal besuchen. Hauptstadt von Österreich? Republik Österreich, bitte? Nein, Bundesstaat Österreich. Was ist das für ein Unterschied, bitte? Das weiß leider kein Mensch. »Republik« ist eben eine anstößige Bezeichnung, man denkt dabei unwillkürlich an Demokratie, weg damit und her damit, denn zum Beispiel heißt das »Neue Wiener Tagblatt« im Untertitel noch immer »Demokratisches Organ«, und überhaupt verkörpert der autoritäre Ständestaat die wahre Demokratie. Natürlich. Wer denn sonst. Das haben noch alle von sich behauptet. Wenn sie lang genug drauf geschimpft haben, geben sie eines Tages bekannt, daß sie und niemand andrer die wahre Demokratie sind. Autoritär, korporativ, total, diktatorisch – man kennt sich vor lauter wahrer Demokratie gar nicht mehr aus, jede ist die einzig wahre, und wir haben sie aber wirklich. Wir haben ja auch die österreichische Sendung, den österreichischen Gedanken, das österreichische Wesen, alles mögliche haben wir österreichisch – nur, leider, kaprizieren wir uns gleichzeitig darauf, der »zweite deutsche Staat« zu sein. Und das ist immer und überall eine bedenkliche Sache: zweiter sein. Im Volksmund, im österreichischen Volksmund (nicht etwa im Nationalmund) heißt »zweiter sein« soviel wie »verlieren«. Daß wir bis jetzt noch nicht verloren haben, verdanken wir lediglich der unlösbaren, naturbedingten Freundschaft eines mächtigen Volkes, des italienischen. Welches in Wahrheit so ziemlich das einzige Volk ist, für das wir keine Freundschaft empfinden, das wir sogar mit einem verächtlichen Spitznamen zu benennen lieben: die Katzelmacher. Und mit verächtlichem Spitznamen benennen wir sonst nur noch unsre gleichfalls unlösbaren und naturbedingten deutschen Brüder: die Piefkes. Wir haben die Wahl zwischen Katzelmachern und Piefkes, unlösbar mit Italien verbunden und zweiter deutscher Staat, sei gesegnet ohne Ende – so heißt das doch, so geht doch die neue österreichische Hymne, ein falscher Text auf eine echte Melodie, der ganze Text ist falsch, alles ist falsch, Schwindel, nichts als Schwindel ...

Hilde Spiel

5. Februar

Nun muß ich alles von neuem lernen. Ich lerne wieder den kalten muffigen Steingeruch der Wiener Häuser, die porösen abgetretenen Treppen aus Granit, die dürftigen Stiegenhäuser mit den Kritzeleien auf dem abblätternden Anstrich. Ich lerne den starren Blick der Hausmeister, die Neugier der alten Frauen im Kopftuch und jenes mißtrauische, unfreundliche Lächeln, das vor den Nazis dagewesen ist und immer da sein wird. Es gibt auch Neues: die Tirolerhüte, die jeder, auch der vornehmste Einwohner dieser einst so eleganten Stadt, jetzt trägt; die Pelze der kleinen Geschäftsfrauen, die früher nur Stoffmäntel besaßen; die Stiefel überall, wie man sie in England nicht kennt, von ledernen Schaftstiefeln bis zu häßlichen hohen Filzmodellen. Zu meiner Zeit zog man im Regen Galoschen an, aber nun regiert der Stiefel und verwandelt jede Frau in eine Lagerkommandantin oder in ein Straßenmädchen der Berliner Zwanzigerjahre.

Auf dem Weg zu meinem früheren Haus komme ich zu dem großen Bunker, den man im Arenbergpark errichtet hat. Der ganze Park ist verschwunden, mit seinen Kieswegen, seinen immergrünen Hecken, der Statue des knabenhaften Diskuswerfers und dem Planschbecken, vom sozialistischen Magistrat den Kleinsten zugedacht. Wo wir »Diabolo« spielten oder »Knödel in der Suppe«, steht jetzt dieser scheußliche Bau, zu dem die Greißler und Briefträger meiner Jugend gepilgert sein müssen, sobald der Kuckuck des Fliegeralarms seine Warnung rief. Das Schwimmbad, in dem ich einmal eine Klubmeisterschaft errang, scheint jetzt den britischen Soldaten vorbehalten. Und hier ist endlich die Straße, in die wir nach dem Ende des ersten Krieges zogen, als man uns aus dem Paradies einer Gartenwohnung in Heiligenstadt vertrieb. Die neue Unterkunft lag im vierten Stock, von ihrem Balkon sah man bis auf die Hügel des Wienerwaldes. Trotzdem war sie reizlos. Ich verbrachte meine Jugend in einem Haus ohne Schönheit, obschon von einer gewissen abgründigen Faszination.

Jeder Wohnraum in diesem brüchigen Gebäude, das ein Spekulant in meinem Geburtsjahr hatte errichten lassen, war von dampfender Menschlichkeit erfüllt. Im Souterrain hausten die ärmsten Insassen, Leute von so malerischer Verkommenheit, daß sie sich nur mit den Bewohnern viktorianischer Elendsviertel vergleichen ließen. Da war die tschechische Familie Wojtech, rothaarige Eltern mit einer Brut säbelbeiniger, rothaariger Kinder, die mit dem ersten Sonnenstrahl des Frühlings die Kellerstiege heraufkroch, um sich vor dem Haus im Freien niederzulassen. Ihre Tante Julie, gleichfalls säbelbeinig und karottenrot, galt als Straßenmädchen. Sie teilte ein Zimmer mit ihrem Liebhaber, einem ehemaligen russischen Gefangenen von wilder Zigeuneranmut, der verabsäumt hatte, nach dem Krieg in seine Heimat zurückzukehren. Neben dem Kohlenkeller wohnte eine Wäscherin; ihr Mann hatte sie zuerst geprügelt und dann mit ihrem kleinen Sohn im Stich gelassen, aber sie war fröhlich und trällerte vor sich hin, wenn sie montags die vier Treppen herauf zu unserer Wohnung stieg. Zur Straße hinaus blicken die Kellerfenster eines alterslosen galizischen Juden, der Nägel und Haken, Schlösser und Scharniere aus altem Eisen schmiedete und rastlos mit der Erfindung neuer Gasanzünder und Taschenlampen beschäftigt war. Außer diesen ständigen Mietern gab es im Souterrain immer eine Reihe zeitweiliger Bewohner, die furchtsam die Kellertreppe hinabflohen, sowie der Hausmeister im Anzug war.

Im Parterre hingegen hauste ein Edelmann. Täglich in ein grünes, abgeschabtes Jägergewand und einen kokett aufgesetzten Hut mit Hahnenfeder gekleidet, den langen rötlichen Bart von Jahr zu Jahr mehr mit weißen Strähnen durchsetzt, wanderte der alte Graf Berlichingen mit Stolz und Abscheu durch die Niederungen seines Lebens. Vielleicht der letzte Nachkomme jener Familie, die in einem anderen Sinn unsterblich geworden war, lebte er unter der Obhut einer ältlichen, unverheiratet gebliebenen Tochter. Niemand blickte je in ihre Wohnung, deren Tür immer rasch und still geschlossen wurde. Aber man mochte darin Jagdtrophäen von gigantischem Ausmaß an den unedlen Wänden vermuten, Reihen von Familienphotographien in oxydierten Silberrahmen auf einem niemals geöffneten Klavier. Irgendwo im Vorzimmer mußte eine alte Decke liegen, auf der sein roter Setter schlief. Mit diesem Hund spazierenzugehen schien des Grafen einziges Vergnügen.

Die nächsten drei Stockwerke wurden von Bürgern verschiedenen Ursprungs, aber ungefähr gleichen Einkommens bewohnt. Manche waren einstige Armeeoffiziere oder Staatsbeamte, die überzählig geworden waren, als die Republik an die Stelle des alten Habsburgerreiches trat. Die ältere Generation war zumeist konservativ, aber unter ihrem Nachwuchs brodelte bereits das giftige Hitlersüppchen. In ihrer Mitte lebte eine jüdische Familie, eine Mutter mit drei Töchtern, die schöne polnische Namen trugen und musikalisch waren; ihr Klavierspiel drang zu allen Tageszeiten auf die Korridore hinaus. Frau Friedl im zweiten Stock, eine Majorsfrau, hatte sich ebenfalls dem nazistischen Glauben verschrieben. In den frühen Zwanzigerjahren importierte sie einen hübschen Hitlerjungen aus Deutschland und beherbergte ihn für ein Jahr. Eine häßliche, dunkelhaarige Frau von offenkundig slawischer Herkunft, trieb sie ihren Mann und ihre Kinder zur Verzweiflung durch ihre Passion für diesen blonden und blauäugigen Knaben, bis die Polizei ihn eines Tages wegen Wühlarbeit gegen den österreichischen Staat verhaftete und des Landes verwies. Frau Friedl fand Trost, wenn nicht bei ihren Angehörigen, so doch bei den Mietern in der uns gegenüberliegenden Wohnung, einer Schwester und zwei Brüdern, darunter ein Buckliger, die ihre Überzeugung teilten. Nachts konnte man die Majorsgattin, fast geistesgestört in ihrem Fanatismus, mit einer brennenden Kerze in der Hand zu ihren Freunden schleichen sehen, um mit ihnen über Politik zu reden, lange nachdem ihre Familie zu Bett gegangen war.

Der bucklige Nazi auf unserem Stock leitete zu den Insassen der Dachböden über, denn dort, über unseren Häuptern, hauste eine groteske und wunderliche Schar. Unter dem schiefen Dach lagen nicht nur die Waschküche und eine Reihe Abstellräume, sondern auch mehrere Ateliers, in denen Maler von zweifelhaftem Talent oder noch fragwürdigere Existenzen lebten. Unter ihnen war Herr Marian, ein Zwerg, der damit befaßt war, die Porträts hingeschiedener Eltern und Gatten für ihre trauernden Hinterbliebenen festzuhalten. In einer Ecke seiner Staffelei stak eine kleine Photographie, häufig vergilbt und vom Alter angenagt, deren Züge er, zumeist mit gehörigem Phantasieaufwand, vielfach vergrößert in Pastell oder Öl auf eine Leinwand zu werfen pflegte. Mit großer Bewunderung sah ich dort Ehepaare in ihrer Blütezeit verewigt – der Vater mit majestätisch gewichstem Schnurrbart, an der Brust die Orden aus dem Feldzug von 1866, die Mutter mit langen Biedermeier-Ohrringen und dazu passender Brosche auf dem hochgewölbten Oberleib. Sein großes, schwartiges, freundliches Gesicht mit den Pockennarben schiefgeneigt, betrachtete der Zwerg sein Werk mit sichtlicher Befriedigung, indes sein schmutziger Daumen die letzte der unablässig gerauchten Zigaretten im Aschenbecher ausdrückte. Dann wand er sich in einem Hustenanfall. Die Tuberkulose fraß an seinen Lungen. Noch bevor ich Wien verlassen hatte, starb er unbeweint, von niemandes Pinsel für die Nachwelt bewahrt.

Weniger liebenswert und um nichts talentierter war ein anderer Maler, Herr Swoboda, dessen unteutonischer Name ihn nicht daran hinderte, unserer Nazikamarilla beizutreten. Er predigte seine Dogmen der Nachbarin, einer von ihrem Mann geschiedenen Photographin von leicht erregbarer Laune, deren ganze Liebe ihrer Hündin galt. Unser Schäferhund von makellosem Stammbaum hatte mit diesem Tier schon mehrere schöne Würfe hervorgebracht, bis eine Tragödie passierte. Der letzte Wurf war ein paar Tage alt, als die Hündin plötzlich wild wurde, zwei ihrer Kleinen totbiß und die übrigen schwer verletzte. Die Photographin kam zurück und entdeckte den entsetzlichen Vorfall. Ohne um Hilfe zu rufen, machte sie Ordnung, legte das Tier an die Kette, verband die verwundeten Hündchen und begrub die toten im Garten. Am nächsten Morgen führte sie ihre geliebte Schäferhündin weg und ließ sie töten, worauf sie in tiefe Schwermut verfiel. Immer etwas seltsam, schien sie jetzt geistesgestört und war von Zeit zu Zeit in ihrem Atelier zu hören, wie sie mit dem Hund sprach und nach ihm pfiff, lange nachdem er umgekommen war.

Unter dem Dach lag auch das Laboratorium meines Vaters, in dem er jahrelang interessanten, aber selten zu Ende geführten Experimenten nachging. Er steht vor mir, im weißen Mantel auf dem nackten Steinboden, wie er mit seligem Gesicht eine Retorte von blauem Inhalt schüttelt und sie dann in einen komplizierten Apparat einfügt, um elektrische Ströme hindurchzujagen, die ein kleiner Dynamo erzeugt. Der Steinboden begann zu zittern, die Luft füllte sich mit einem starken Geruch von Ozon, blaue Funken durchzuckten die Retorte. Nach einer Weile stellte mein Vater den Dynamo ab, setzte sich an den Tisch und trug mit seiner kleinen, methodischen Handschrift die Ergebnisse ein. Mahlzeiten wurden vergessen, Besucher zornig weggewinkt, und eine kleine Tochter, die hinaufgeschickt worden war, um ihn ans Telefon zu rufen, dazu bewogen, sich hinzusetzen und die unerklärte, aber offenbar günstige Reaktion im Glase mitanzusehen.

Auf der Gartenseite gewann man den besten Einblick in den Querschnitt des Hauses. Über unzählige Balkons ergoß sich in der warmen Jahreszeit der Inhalt der stickigen Zimmer; keine Einzelheit des nachbarlichen Lebens, die hier verborgen blieb. Man roch alle Mahlzeiten, die in den verschiedenen Wohnungen aufgetischt wurden, Gäste traten vor die Schwelle, um sogleich von den übrigen Mietern begutachtet zu werden, und viele intime Geschäfte wurden jetzt im Freien besorgt, darunter das Trocknen gewaschener Haare, das Stopfen von Strümpfen und Unterwäsche, das Schälen von Kartoffeln und das Entschoten von Erbsen. Unser eigener Balkon ertönte, nach meinem vierzehnten Jahr, vom Klappern meiner Schreibmaschine. In hellen Nächten setzte sich mein Vater an sein aufgepflanztes Scherenfernrohr – aus der ›Sachdemobilisierung‹ nach dem Kriege gerettet –, um die Bewegung der Planeten und die Krater des Mondes zu studieren. Manchmal, getrieben von unwiderstehlicher Neugier, etwas über das Leben anderer Menschen zu erfahren, richtete ich dieses Fernrohr auf lampenerhellte Wohnräume in den umliegenden Häusern, wo nichtsahnende Männer dabei zu beobachten waren, wie sie nach einem glühenden Tag ihre Füße im Eimer kühlten, junge Mädchen, wie sie Liebesbriefe schrieben, Frauen, wie sie ihr Haar in Lockenwickler drehten, und Kinder, wie sie heimlich bei Kerzenlicht lasen, statt einzuschlafen. Ruchlose Indiskretion! Aber ich wollte eines Tages Bücher schreiben, und meine Neugier, so meinte ich, war nichts als unbeteiligter Forschungsdrang.

Ich habe das Haus erreicht. Am Ende des langen, zugigen Flurs klopfe ich an die Tür mit dem spitzenverhangenen Guckloch, hinter der ich eine Reihe von Hausmeisterinnen kannte – allesamt beleibt, träge und von außerordentlicher Zungenfertigkeit. Die Frau, die jetzt auftaucht, hat die Stelle 1937 übernommen, ein Jahr, nachdem ich nach England ging, ein Jahr, bevor meine Eltern mir folgten. Ich nenne den Namen meines Vaters.

»Ach, der liebe Herr! Wie schad, daß er weg ist. Na, dem geht's wenigstens gut, der hat sich viel Kummer erspart. Gnä' Frau, was wir mitgemacht haben! Und wie geht es dem lieben Herrn Papa?«

»Er ist tot«, sage ich.

Sie fängt zu jammern an. Ihr einziger Sohn ist in Rußland vermißt. Was für ein Kreuz das war, dieser Krieg.

Und was die Nazis in Österreich angerichtet haben.

»Wer wohnt jetzt in unserer Wohnung?«

Ihre Lippen kräuseln sich verächtlich.

»Einer aus'm Lager, der zurückgekommen ist. Löwy heißt er. Wenn Sie wüßten, wie's jetzt ausschaut drin! Kommunisten haben ihn einigsteckt. Sie haben ja keine Ahnung, was die Russen uns alles angetan haben.«

»Wer war der frühere Mieter?«

»Dr. Keller. Der ist im goldenen Westen. Vor den Russen nach Salzburg davon. Wird schon wissen, warum. Ein Parteimitglied. Hat sich rechtzeitig abgesetzt, und wir sind in der Tinten!«

Ich wende mich zum Gehen.

»Haben S' keine Zigaretten für meinen Mann, gnä' Frau? Der ist halb gelähmt und kränkt sich zu Tod um unsern Buben.«

»Wann haben Sie zuletzt von Ihrem Sohn gehört?«

»Kurz vor Stalingrad. Da war er dabei. Ach, wer hätt sich gedacht, daß wir einmal so unglücklich werden!«

Hinter ihr strömt ein Geruch nach sauren Kartoffeln vom Küchenherd. Ich ziehe Zigaretten heraus. Vage fällt mir ein, daß sie wohl auch zu den Nazis gehörte. Oder nicht? Es ist mir gleichgültig. Die Kleinlichkeit dieser Menschen ist entscheidender als jede Parteizugehörigkeit, noch zwingender jedoch sind ihre Leiden – hoffnungslos und rührend, unlösbar und unerlöst.

Ich verlasse das Haus, ohne die vier Stockwerke hochzusteigen. Ich sehe das alles zu deutlich vor mir: die Schimpfwörter und Obszönitäten, von Generationen enttäuschter Bettler in die Wände eingeritzt, die schmutzigen Fliesen der Treppenabsätze und den besonderen Platz unter dem Fenster im zweiten Stock, wo in jener Wahlnacht von 1933 ein wilder Faustkampf zwischen den Nazimietern und unserer sozialistischen Marie mitsamt ihrem Liebhaber entbrannte.

Meine gute Marie muß ich nun auch besuchen. Ich habe seit dem Kriegsbeginn nichts von ihr gehört, aber gewiß ist sie treu geblieben wie in all den fünfundzwanzig Jahren in meiner Eltern Dienst.

Franz Grillparzer

Der arme Spielmann *(Auszug)*

In Wien ist der Sonntag nach dem Vollmonde im Monat Juli jedes Jahres samt dem darauf folgenden Tage ein eigentliches Volksfest, wenn je ein Fest diesen Namen verdient hat. Das Volk besucht es und gibt es selbst; und wenn Vornehmere dabei erscheinen, so können sie es nur in ihrer Eigenschaft als Glieder des Volks. Da ist keine Möglichkeit der Absonderung; wenigstens vor einigen Jahren noch war keine.

An diesem Tage feiert die mit dem Augarten, der Leopoldstadt, dem Prater in ununterbrochener Lustreihe zusammenhängende Brigittenau ihre Kirchweihe. Von Brigittenkirchtag zu Brigittenkirchtag zählt seine guten Tage das arbeitende Volk. Lange erwartet erscheint endlich das saturnalische Fest. Da entsteht Aufruhr in der gutmütig ruhigen Stadt. Eine wogende Menge erfüllt die Straßen. Geräusch von Fußtritten, Gemurmel von Sprechenden, das hie und da ein lauter Ausruf durchzuckt. Der Unterschied der Stände ist verschwunden; Bürger und Soldat teilt die Bewegung. An den Toren der Stadt wächst der Drang. Genommen, verloren und wiedergenommen, ist endlich der Ausgang erkämpft. Aber die Donaubrücke bietet neue Schwierigkeiten. Auch hier siegreich, ziehen endlich zwei Ströme, die alte Donau und die geschwollnere Woge des Volks sich kreuzend quer unter und über einander, die Donau ihrem alten Flußbette nach, der Strom des Volkes, der Eindämmung der Brücke entnommen, ein weiter, tosender See, sich ergießend in alles dekkender Überschwemmung. Ein neu Hinzugekommener fände die Zeichen bedenklich. Es ist aber der Aufruhr der Freude, die Losgebundenheit der Lust.

Schon zwischen Stadt und Brücke haben sich Korbwagen aufgestellt für die eigentlichen Hierophanten dieses Weihfestes; die Kinder der Dienstbarkeit und der Arbeit. Überfüllt und dennoch im Galopp durchfliegen sie die Menschenmasse, die sich hart vor ihnen öffnet und hinter ihnen schließt, unbesorgt und unverletzt. Denn es ist in Wien ein stillschweigender Bund zwischen Wagen und Menschen: nicht zu überfahren, selbst im vollen Lauf; und nicht überfahren zu werden, auch ohne alle Aufmerksamkeit.

Von Sekunde zu Sekunde wird der Abstand zwischen Wagen und Wagen kleiner. Schon mischen sich einzelne Equipagen der Vornehmeren in den oft unterbrochenen Zug. Die Wagen fliegen nicht mehr. Bis endlich fünf bis sechs Stunden vor Nacht die einzelnen Pferde- und Kutschen-Atome sich zu einer kompakten Reihe verdichten, die sich selber hemmend und durch Zufahrende aus allen Quergassen gehemmt, das alte Sprichwort: »Besser schlecht gefahren, als zu Fuße gegangen«, offenbar zu Schanden macht. Begafft, bedauert, bespottet, sitzen die geputzen Damen in den scheinbar stille stehenden Kutschen. Des immerwährenden Anhaltens ungewohnt, bäumt sich der Holsteiner Rappe, als wollte er seinen, durch den ihm vorgehenden Korbwagen gehemmten Weg obenhin über diesen hinaus nehmen, was auch die schreiende Weiber- und Kinderbevölkerung des Plebejerfuhrwerks offenbar zu befürchten scheint. Der schnell dahinschießende Fiaker, zum ersten Male seiner Natur ungetreu, berechnet ingrimmig den Verlust, auf einem Wege drei Stunden zubringen zu müssen, den er sonst in fünf Minuten durchflog. Zank, Geschrei, wechselseitige Ehrenangriffe der Kutscher, mitunter ein Peitschenhieb.

Endlich, wie denn in dieser Welt jedes noch so hartnäkkige Stehenbleiben doch nur ein unvermerktes Weiterrükken ist, erscheint auch diesem status quo ein Hoffnungsstrahl. Die ersten Bäume des Augartens und der Brigittenau werden sichtbar. Land! Land! Land! Alle Leiden sind vergessen. Die zu Wagen Gekommenen steigen aus und mischen sich unter die Fußgänger, Töne entfernter Tanzmusik schallen herüber, vom Jubel der neu Ankommenden beantwortet. Und so fort und immer weiter, bis endlich der breite Hafen der Lust sich auftut und Wald und Wiese, Musik und Tanz, Wein und Schmaus, Schattenspiel und Seiltänzer, Erleuchtung und Feuerwerk sich zu einem pays de cocagne, einem Eldorado, einem eigentlichen Schlaraffenlande vereinigen, das leider, oder glücklicherweise, wie man es nimmt, nur einen und den nächst darauf folgenden Tag dauert, dann aber verschwindet, wie der Traum einer Sommernacht, und nur in der Erinnerung zurückbleibt und allenfalls in der Hoffnung.

Johann Nestroy

Es gibt eine Stadt, die heißt Wien

Es gibt eine Stadt, die heißt Wien,
Da war All's was nur ang'nehm is drinn;
Wie hab'n d'Straßeneck' ausgeschaut vor der Umstaltung,
Da war Alles ganz vollpappt mit Tanzunterhaltung;
Kein Ernst auf den G'sichtern, es war Alles froh,
Jeder Mund war voll gute und schlechte Bonmot;
Wiener Spaß war gemüthli und hat troff'n wie der Blitz,
's War berühmt der Fiaker- und Schusterbu'n-Witz; –
Jeder hat an Wien sehnsuchtsvoll dacht,
Denn das Leb'n in Wien, das war a Pracht! –
Wie sich das jetzt hat g'spalten, 's geht über d'Begriff',
D'Schusterbubn radical, d'Fiaker conservativ.
Es sitzt Kein'r in ein Wirthshaus, der nicht in sein Hirn
Sich denckt, wie das schön wär', wann er thät regier'n;
's Elysium sogar, was dei Quint-Essenz g'west,
Is in heurigen Fasching ein trübselig's Nest;
So weit is's jetzt kommen, für Wien is's a Schand,
Wir sind noch fad'r als Berlin mit sein Sand und Verstand –
Fallt d'Umgestaltung so aus, sag' i »nein,
Da hört es auf ein Vergnügen zu seyn.«

Eduard von Bauernfeld
Wiener Dialekt

Johannes-Beer ist süße Frucht,
Doch süßer klingt: ›Ribisel;‹
Der Deutsche sagt: ›Ein hübsches Gesicht‹!
Der Wiener: ›A hübsch G'friesel!‹

Die deutschen Jungfrau'n zieren sich
Spröd-ernsten Wesens, strengstens;
Die Wienerin hält sich den Mann vom Leib,
Und lacht und sagt: ›Jetzt gegen's!‹

Und wenn er dringend wird und spricht
Von seinem gebrochenen Herzen,
Dann schaut sie ihm ernsthaft in's Gesicht:
›Sonst haben's keine Schmerzen?‹

Und will er die Pistole gar
Nach Brust und Stirne richten,
Dann nimmt sie ihn freundlich bei der Hand:
›Gehen's, machen's keine G'schichten!‹

Ferdinand von Saar

X. Wiener Elegie

Ja, schon schwillt und reift am Rebengelände der Donau
Saftig die Traube und blinkt unter den Blättern hervor.
Bald auch macht sich der Winzer auf und hält ergiebige Lese,
Die im Korb und im Faß Säckel und Keller ihm füllt.
Und nun zieht es hinaus in Scharen nach Grinzing und Nußdorf,
Oder nach Sievering, wo delphisch das ›Brünndl‹ entspringt.
Lauter, lebendiger wird's in den bunt sich färbenden Wäldern:
Fröhliche Stimmen, Gesang – schweifende Menschen ringsum.
Hier gelagerte Gruppen – und dort im schützenden Dikkicht
Liebende Paare, die sich seliger Einsamkeit freun.
Aber sie alle gewahrt man zuletzt in Gärten und Stuben,
Wo, am Eingang gesteckt, lockend der ›Buschen‹ ergrünt.
sie, da sitzen gedrängt sie an roh gezimmerten Tischen
Bunt durcheinander: der Greis lockigem Jüngling gesellt;
Mütter den Töchtern und Väter den Knaben, die müd' sich gelaufen –
Selbst der Säugling liegt dort an der nährenden Brust.
Fröhlich kredenzt, hemdärmlig, der ›Hauer‹ den labenden Tropfen,
Der als ›Heuriger‹ licht blinkt im gehenkelten Glas.
O wie mundet der jetzt zu salzigem Käse und Rauchfleisch,

Bei der ›Bretzen‹ Geknack, die man an Stäben verkauft!
Und man hört auch Musik: Harmonika, ›Klampfe‹ und Geige –
Rasender Töne Gemisch schrillt in den Abend hinaus.
Lieder erschallen, urwüchsig und derb, mit verfänglichen Texten,
Wie sie, satirischen Hangs, drastisch der Wiener ersinnt;
Wasserverschmähende Oden manch eines volkstümlichen Pindar,
Welcher den Pegasus nicht, aber den Kutschbock besteigt.
Ja, hier lebt noch das Volk! Hier schmausen die letzten Phäaken,
Denen hohläugige Not noch den ›Hamur‹ nicht verdarb.
Wahrlich, ihr geht nicht unter, ihr Wiener! Dreht sich auch nicht mehr
An dem Spieße das Huhn – brätelt noch immer die Wurst.

Peter Altenberg

Wiens Hygiene

Ich trage seit dem 9. März 1917, meinem 58. Geburtstage, Sandalen an nackten Füßen. Seitdem erlebe, erleide ich die »Sünden Wiens« an den armen Lungen und, ziemlich bedeutungsloser, an meinen nackten Füßen! Füße kann man zehnmal täglich reinigen, aber Lungen?!? Sämtliche Geschäfte betrachten Trottoir und Straße, von sieben morgens an als Ablagerungsstätten für den Staub der Staubtücher, der Fußmatten, der Teppiche! Den »geliebten« Hunden werden die Trottoirs als »Klosetts« direkt liebevoll anerzogen! Das »Staub auf den Passanten herunterschütten« von Fenstern der Stockwerke aus ist polizeilich verboten, aber dasselbe »Verbrechen«, aus den Geschäftsläden im Parterre, also noch direkter, ist scheinbar erlaubt, sonst täten es ja doch nicht Alle! Auf »selbstverständliche Anständigkeit« seinem unschuldigen fremden Nebenmenschen gegenüber darf man sich doch heutzutage noch nicht verlassen; da sind schon drakonische Verordnungen mit hohen Geldstrafen besser am Platze! Straßenstaub und Mist trocken in die Luft wirbeln, wie es unsere Straßenkehrer tun, statt zuerst es mit Gießkannen niederzuschlagen und in einen unschädlichen Brei zu verwandeln, ist ebenfalls ein Verbrechen an den Lungen und an meinen nackten Füßen. Jede gute Neuerung erzeugt auch von selbst richtigere Überblicke über die konservativen inveterierten Laster. Unsere Art, die Straße, die Trottoirs als »Mistgrube« zu betrachten, ist ein »hygienisches Verbrechen«! Nicht Jedermanns Sache ist es, den Anderen helfen zu wollen; ich will es. Nichts Richtiges ist zu unwichtig, um dafür nicht ein »Danton, Marat, Robespierre« sogleich zu werden. Ich, wie erwähnt, kann ja täglich zehnmal meine nackten Füße rein waschen; aber Ihr Eure nackten hilflosen Lungen?! Für Staubtücher auf die Straße ausgestaubt 100 Kronen für die »Kriegsblinden«! Nein, 200 Kronen! »Hygienische Reinlichkeit« ist eine Art von unbewußter »physiologischer Genialität«, aber Wien besitzt sie eben nicht. Es besitzt dafür, auch ein »Gnadengeschenk der Götter«, die »gutmütige Gleichgültigkeit«! Im »Volksgarten« liegt Zentimeter-dick eine Staubschichte, die von Promenierenden und Kindern stetig aufgewirbelt wird. Fuhren von herrlichem Donausande und ununterbrochene Hand-Spritz-Wägelchen können ein »Paradies« gestalten, aber Niemand nimmt sich die Mühe. Da kann man nur sagen: Heiliger Rathauspark, und »Anlage um die Minoritenkirche herum«! Dort ist die Luft wenigstens so rein und staubfrei wie es in einer Großstadt überhaupt sein kann. Man muß erst mit nackten Füßen gehen, um die Verbrechen an den fremden Lungen ganz zu verstehen und zu hassen!

Peter Altenberg

Erlebnis

Hans Schließmann bat mich dringend, doch am Freitag abend nach Hietzing ins Parkhotel zu kommen, wo der temperamentvolle, geschmackvolle Dostal von den 26ern konzertiere, in dem schönen, weiten Garten. Es wurde halb 12 Uhr nachts, und Schließmann war besorgt, daß ich noch die letzte Tramway erreiche. Sie fuhr aber an uns vorüber. In demselben Augenblick hielt ein eleganter Gummiradler knapp vor uns an, und zwei frische Mädchenstimmen jubelten: »Peter, Jessas, Peter, was machst denn du da in Hietzing?!« – »Ich habe die letzte Tramway versäumt«, erwiderte ich geschäftsmäßig und ohne Begeisterung der Freude des Wiedersehens mit den herrlichen urwüchsigen Kindern. – »Tu dir nix an, Peter, wir nehmen dich mit in unser'm Wagen, wir fahren eh nach Wien, ah, so ein glücklicher Zufall ---.« Hans Schließmann stand gerührt da im Angesichte solcher wirklich seltener glücklicher Zufälle, dankte den guten, schönen, herzigen Mädchen im Namen seines beneidenswerten Freundes und sagte, daß das »goldene Wiener Herz« doch noch nicht ganz im Aussterben begriffen sei, wie er bisher vermutet habe ---.

Wir fuhren davon. Bei dem Mariahilferberg sagte das eine der süßen Mädchen: »Peter, was wirst also dem Fiaker bezahlen?!« – Ich erwiderte: »Nichts. Ich bin eingeladen worden.« – »No, no, tu dir nix an, Schmutzian, wegen die paar Krandln.« Für den Zahlenden sind es immer »Kronen«, für den, der bezahlt wird, nur »Krandln«. Ich erwiderte: »Ich bin euer Gast.« – »Wärst vielleicht zu Fuß nach Wien gehatscht, du Narr?!« – »Ich hätte mir vielleicht im Notfalle einen Einspänner genommen.« – »No, also, sixt es, jetzt kommen wir aufs gleiche.« – »Also gut, ich werde die Taxe für den Einspänner erlegen –––.«

»Da schau her, im Gummiradler fahren und Einspännertax' zahlen, geh, i wer mi glei giften –.« – »Also, bitte, wieviel habe ich zu bezahlen?!?« – »Zehn Kronen, es is eh kein Geld.« – Ich fand das zwar nicht, daß es kein Geld sei, aber ich fragte: »Wieso, bitte, zehn Kronen?!?« – »No, san mir früher, bevor mir di aufg'fischt haben, du Schnorrer, net ein bisserl in Hietzing herumg'fahren, bei so an' schönen Abend, mir scheint, du gönnst uns dös nöt!?!« – Ich erwiderte, daß ich ihnen es herzlich gönne. – »No, also, du bist ja ein g'scheiter Mann, du bist ja unser Peterl –––.« Also das Peterl bezahlte die zehn Kronen. »No, und mir san gar net auf der Welt?!« sagten die beiden Süßen. »Unsere Gesellschaft ist gar nix wert, mir san nur die Zuwag zum Fleisch, da schau der eahm an –––.« Ich gab einer jeden noch eine Krone. »Peter, Peter, wir haben dich immer für an' veritablen Dichter g'halten, für an' besseren idealisch veranlagten Menschen; no, sagn mer, es war nix –––.« Ich ließ den Wagen halten, stieg aus. »Peter, bist bös?!« – »Nein. Weshalb sollte ich bös sein?!« – »No, war's net ganz unterhaltsam?!« – »Sehr«, erwiderte ich. An Hans Schließmann schrieb ich sogleich noch in der Nacht eine Karte: »Was Ihre Korrigierung Ihrer Ansicht über das im Aussterbeetat befindliche ›goldene Wiener Herz‹ betrifft, so bitte ich Sie sehr, mit der Korrektur bis zum nächsten Freitag zu warten, wo Dostal von den 26ern wieder im Parkhotel Hietzing konzertiert. Da erfolgen nämlich mündliche Aufklärungen –––.«

Am nächsten Tage traf ich das eine der süßen Mädchen.

»Peter, gut, daß ich dich treff. Kaum warst du gestern ausgestiegen, so durfte ich mich auf den Bock setzen und kutschieren und der Herr Fiaker ist zur Mitzl in den geschlossenen Wagen eingestiegen. Und dann hat er uns deine 10 Kronen geschenkt. Das is a Kawalier, da nimm dir ein Beispiel!« Ich schrieb sogleich an Hans Schließmann: »Ihre erste Regung war die richtige. Es gibt doch noch ein ›goldenes Wiener Herz‹––.«

Theodor Herzl

Juli – Sonntag im Prater

Nach Rußland – sagte, glaub' ich, Théophile Gautier – muß man im Winter und nach dem Süden im Sommer reisen. In den Prater muß man am Sonntag gehen. Aber nicht an einem feinen Sonntag im Frühling, wenn der hohe Fahrdamm der Nobel-Allee mit Kutschen bedeckt ist, wenn die eleganten oder nur reichen Leute auf Gummirädern vorbeisausen und sich gegenseitig mit gemischten Gefühlen betrachten. In den Prater muß man Sonntags im Hochsommer gehen, an einem recht schönen, heißen, staubigen Sonntag nachmittags, wenn es wie eine Ruhe der Verzweiflung auf der erschöpften Stadt liegt und in den ausgestorbenen Straßen niemand mehr zu sehen ist. Zwar den Liebhaber seltener Stimmungen wird um diese Zeit gerade die verlassene Stadt stärker locken. Alles ist so merkwürdig tot; man sieht in der steinernen Stille manches Haus, an dem man doch oft vorüberging, zum erstenmale, gleichwie das Gesicht einer Leiche uns sehr fremd vorkommt, auch wenn wir es zu den Lebzeiten gut gekannt haben. Fort sind die Bewohner, wer weiß, wie lange schon; fort, mit ihrer Liebe und ihrem Haß. Durch Tore, die offen stehen, als gäbe es da nichts mehr zu behüten, blickt man in unheimliche, lautlose Höfe. In einem der alten Höfe steht noch ein Brunnen mit krummem Schwengel, zwischen den Steinwürfen wachsen grüne Halme, dort das Loch im Boden ist vielleicht eine Zisterne, und wer hinunterschaute auf den tiefen Grund, der sähe im Spiegel schreckliche oder liebliche Geheimnisse der großen Stille. Jetzt und jetzt wird auch eine der niederen

Türen nach dem Hofe zu aufgestoßen werden, irgendein unerwartetes Tier oder ein Fabelwesen wird hervortreten und Aufschluß geben über diese höchst erstaunliche Verzauberung. Und wahrhaftig, eine Tür dreht sich in den Angeln, ein altes Weiblein schwankt heraus, in Filzschuhen, mit einem unwahrscheinlich langen Strumpfe von blauer Farbe über dem Arm, und es setzt sich vor das Tor und strickt.

Indessen ist die Stadt nicht wirklich ausgestorben. Ihre Menschen sind nur den Mauern für eine Weile entwichen und wollen die Sommerluft genießen. So ziehen auch wir nach dieser Sommerluft aus. Wie wär's mit dem neuen Weg der Stadtbahn? Eine hübsche kleine Reise von unserem westlichen Vororte über Heiligenstadt nach dem Prater. Am Schalter der Haltestelle sitzt ein junges Mädchen und verkauft mit sichtlicher Wehmut Fahrkarten an die Beneidenswerten, die jetzt in den Prater eilen können. Der Reisende schämt sich beinahe seines Glückes, wenn er solch ein armes Ding in trübseliger Gefangenschaft sieht; das möchte ja auch hinaus und etwas von der Fröhlichkeit des Daseins erfahren und wissen, daß es jung ist. Aber es hat ja noch Zeit vor sich, noch viele solche Sonntage, ein ganzes Leben, bis es auch vor dem Tore Platz nehmen darf, um aus grobem blauen Garn einen Strumpf zu strikken, wie jene Alte, die sich alle Wünsche abgewöhnt hat.

Die Reise nach dem Prater ist eine Reise. Anfangs geht es wohl schnell; nach ein paar Minuten sind wir in Heiligenstadt; aber da heißt es aussteigen und auf den nächsten Zug warten. Wann fährt dieser ab? Niemand weiß es genau. Auf fünf oder zehn Minuten kann es nicht ankommen. Wir haben in dieser Lage einige Gefährten, deren Betrachtung uns die Wartezeit vertreiben kann. Da ist vor allem ein junges Paar, schlanke, hübsche Leute, Liebesleute unverkennbar. Sie haben zusammen drei Grübchen in den Wangen; er – was man übertrieben finden wird – hat beim Lachen in jeder Wange ein Grübchen, sie hat nur in der linken eines. Aber ihr einziges Grübchen ist seinen beiden bei weitem vorzuziehen. Und sie plaudern lachend in einem fort, so daß man immer sämtliche drei Grübchen sehen kann. Das Harren ist ihnen gar nicht beschwerlich; sie sind ja schon im Prater, denn sie gehen Arm in Arm auf und nieder, eng aneinandergeschmiegt. Ferner ist eine Familie da: der Vater, die blasse Mutter, drei magere Buben unter zehn Jahren. Die hätten es eiliger. Es wird bald Abend sein. Wann wird man auf der grünen Wiese ankommen, wo sich der Vater und die blasse Mutter müde niederkauern wollen, indessen die drei Buben Purzelbäume schlagen? Weiters ist ein jugendliches, aber schon verdrossenes Ehepaar zu sehen. Er trägt einen unbehaglichen Bratenrock und hat gute, große, rote Arbeitshände, die aus lauter Daumen zusammengesetzt scheinen. Diese Hände deuten auf Selchwaren oder Spezereien, und beinahe zwanglos erwacht die Vorstellung eines Schinkens, auf den die vielen Daumen beim Abschnitt kunstvoll dünner Scheiben gestützt sind. Seine junge Gattin ist mürrisch und mit einigem Schmuck beladen, der nach mehr aussehen will. Diese Geldsachen können noch nicht erspart sein; sie haben ein anderes Merkmal: sie sind noch nicht versetzt. Da die Frau nicht hübsch, aber übellaunig ist, kann vermutet werden, daß sie zu ihm herabstieg. Er war Gehilfe im Laden ihres Vaters, er sah sie täglich und gewöhnte sich an ihren Anblick, und da sie die einzige Tochter war, kam sie ihm endlich liebreizend vor, wenn sie an der Kasse saß. Er schnitt es gern in jeden

Schinken ein. Sie wurden ein Paar, und dies ist ihre Sonntagsfreude.

Wir warten schon ein Viertelstündchen. Da hat jemand den mutwilligen Einfall, ganz laut zu fragen, wann der Praterzug eigentlich abgehe? Die Antwort ist niederschmetternd. In einer Stunde und vier Minuten! An einem Sonntagnachmittag im Juli eine Stunde und vier Minuten auf der Station in Heiligenstadt sitzen müssen, wenn man in den Prater will, das ist hart. Es zeigen sich verschiedene Wirkungen. Die geschmückte Frau des Mannes mit den vielen Daumen wendet ihm mit unaussprechlichem Ekel den Rücken zu, als ob er den Sommerfahrplan von Heiligenstadt so albern zusammengestellt hätte. Das schlanke Liebespaar wird einen Augenblick ernst, alle drei Grübchen verschwinden, aber nur um gleich darauf in einem fröhlichen Gelächter wieder aufzutauchen. Da ist das Abenteuer, das Unerwartete, der Reiz der flüchtigen Zeit; gerade diese verlorene Stunde wird ihnen das Denkzeichen eines Tages ihrer Liebe bleiben. Wenn in fünf oder zehn Jahren der Name der Station vor ihnen aufklingt und sie schon weit auseinander sind, werden sie noch an diese Köstlichkeit zurücksinnen. Vom ganzen Sonntag ihrer Liebe wird ihnen nur das geblieben sein.

Sie wird denken: »Heiligenstadt! … Damals war er noch lieb. Es ist ihm nicht in den Sinn gekommen, mich sitzen zu lassen. Oder – war es ihm schon im Sinn, wie er mich angelacht hat, der schlechte Kerl? ...«

Er wird denken: »Heiligenstadt! ... Mit wem war ich denn nur einmal hier? Mit der Pepi oder mit der Poldi? ... Nein, mit der – wie hat sie nur geheißen? Die mit dem Grübchen! Eine Stunde hat man warten müssen in Heiligenstadt. Süße Stunde! Das kommt nicht wieder. ...«

Aber eine bittere Stunde ist es für die Familie der drei mageren Buben. Die Mutter setzt sich kraftlos auf eine Bank. Sogar am Sonntag, selbst auf einem Ausflug haben die Enttäuschungen kein Ende. Am liebsten kehrte sie gleich wieder heim. Sie deutet schüchtern einen solchen Vorschlag an. Die mageren Buben, alle drei, verwahren sich weinerlich dagegen. Der Vater möchte mit Scherzen seinem geschwächten Völkchen einen Halt geben, aber die Späße wollen ihm nicht recht aus der Kehle. Man habe den Genuß der Eisenbahnfahrt um so länger vor sich. Den mageren Buben leuchtet das beinahe ein. Aber die Mutter sagt tonlos: »Geh, ist das ein solcher Genuß?«

Und das Warten wird bleiern. Nach und nach sammelt sich eine vermischte Menge auf dem Bahnsteig an. Sonntagselend in verschiedenen Farben. Man brütet dumpf vor sich hin. Die meisten vergessen, wozu sie eigentlich da sind, gleichwie im Leben. Endlich, nachdem alle teilnahmslos geworden, fährt der Zug herein. Da stürmt man dennoch die Wagen, als ginge es nach einem begehrenswerten Ziele. Der Abend liegt schon auf der Landschaft. Da ist der Donaustrom, ein Opalglanz auf dem Wasser, leichter Dunst über den Auen. In freien Schenken lassen sich die Ausflügler trübselig nieder, nicht mehr erwartungsvoll, noch nicht berauscht. Und bald wird man an die Rückkehr denken müssen. Die drei mageren Buben fangen an schläfrig zu werden. Die Liebenden von Heiligenstadt aber wandeln Arm in Arm stilleren Büschen zu.

Streift man durch die Auen, so trifft man häufig solche Pärchen, die sehr selig dahinschreiten in ihrem Doppeltraume. Immer neue Darsteller des Sommernachtlustspieles, und alle halten sich für äußerst originell. Vor der Krieau, in der Nähe eines Taubenschlages kommen zwei

Kadetten mit zwei halbwüchsigen Mädchen. Dies ein unschuldiger Spaziergang im Walde. Der eine Kadett sagt, als sie vorübergehen, die beziehungsvollen Worte: »La tourterelle roucoule.« Das sind die Anfangsgründe des Französischen und der Liebe. Wie unendlich einfach das alles ist! Die Turteltaube girrt, ein Jüngling liebt ein Mädchen – wo haben wir das nur schon gehört, gesehen, gelesen? Und wie das die Leute doch immer wieder packt!

Aber das gehört nicht zum Eigentümlichen eines Mittsommersonntags im Prater. Die Turteltaube girrt überall, auch an Wochentagen, und solche glücklich schwärmende frische Kadetten mit ihren grünen Mädchen wandern auch durch andere Auen. Ja, sie scheinen sich mit ihren unausgesprochenen und rosigen Gefühlen nur verirrt zu haben, wenn sie durch die allgemeine Melancholie des Ortes ziehen. Denn es gibt nichts Melancholischeres, als einen Julisonntag im Prater.

In der großen Rotunde ist ein Volksfest. Starke Männer stemmen ohne ersichtliche Notwendigkeit Gewichte, die sehr schwer sind. Man bewundert sie, weil es eine nutzlose Mühe ist. Einen Lastträger, der unter einer Kiste daherkeucht, bewundert man nicht. In der Höhe laufen Künstler über ein gespanntes Seil. Der Reiz für die Zuschauer kann nur in der Todesgefahr liegen, der sich die armen Burschen da oben aussetzen. Die Menge klatscht unlogisch in die Hände, wenn der Seiltänzer unversehrt drüben ankommt. Wollten sie also nicht, daß er sich den Hals breche? Warum haben sie dann nicht gezischt, als er hinauf stieg? An Kaufständen werden schlechte Luxuswaren von dürftig herausgeputzten Mamsellen feilgeboten. Wer da etwas kauft, muß schon einen Hieb vom heurigen Weine haben, und er kauft seine morgige Reue ein. Zum Biere und säuerlichen Weine wird auch eine quiekende Musik verzapft, und die Leute hören zu, weil sie auf ihre Kosten kommen wollen. Aber unter den Schritten der Festgäste, die zwischen den wohlfeilen Sehenswürdigkeiten rastlos und verdrossen umherirren, steigt immer dicker der Staub auf, und man möchte endlich ein Austrittsgeld dafür zahlen, wieder ins Freie zu dürfen.

Da ist die Nobel-Allee. In schweren Haufen gehen die Menschen auf und ab, auf und ab. Auch da der Staub, die Traurigkeit. Die Luft unter den Bäumen ist dick wie in einem geschlossenen Raum und kaum noch zur Einatmung geeignet. Sie wissen das vom vorigen Sonntag her, und dennoch sind sie wieder da, gehen auf und ab, auf und ab, wie Häftlinge im Kerkerhof. Aus welchen Wohnungen mögen sie kommen, und warum gehen sie nicht in die wirkliche Freiheit, in die Natur hinaus? Bei den sittsamen Mädchen aus bravem und mittellosem Hause versteht man diesen trostlosen Spaziergang beinahe. Sie müssen gesehen werden, sonst käme wohl der Freier nie. Aber wenn sie nicht auffallend gekleidet sind, gehen sie in der Menge verloren. Und sind sie geputzt, so wagt sich erst recht keiner an sie heran. Wer hat den Mut, so schöne Gewänder zu bezahlen? Freilich lehrt die Erfahrung, daß es auch solche Käuze gibt. Diese sieht man mit sorgendurchfurchter Stirne an der Seite ihrer siegreichen Damen einherschleichen. Darum gehen die törichten Jungfrauen, gefolgt von ihren beklommenen Eltern, auf und ab, auf und ab. Bis es finster wird und man die Sonntagstraurigkeit wieder einmal nach Hause schleppt.

Nun sind viele Lichter im Wurstelprater aufgegangen. Dazu verworrener Lärm von vielerlei rücksichtsloser

Musik. Ein Drehorgelmann schont den andern nicht, und jeder Kapellmeister durchkreuzt die Melodien seines Nachbars. Sie bohren einander wie Schlachtschiffe in den Grund. Die Leute irren verschüchtert umher und kriechen endlich in einem Gasthause unter. Die Gärten, die am schlechtesten beleuchtet sind, haben nicht immer den schwächsten Besuch; weil mancher sein Nachtmahl gern in der Dunkelheit verzehrt, nachdem er stolz durch die Alleen gewandelt ist.

Lärm von den Schaubuden, den alten, wohlbekannten, geheimnisreichen Buden, in denen auf die Neugierde eine Geldstrafe gesetzt ist. Besser fahren die Geschäftsleute, die auf die Eitelkeit des verehrungswürdigen Publikums rechnen: die Verschleißer von Proben der Geschicklichkeit und Kraft. Das sind kurze Schießstände, von denen man mit ausgestrecktem Arm den Flintenlauf in die Scheibe stoßen kann; die gewaltigen Hämmer, die ein Schneiderlein niedersausen läßt, wobei es meint, es sei stark wie ein Schmied. Und am höchsten geht es her an den Versammlungsorten aller Neugierden und Eitelkeiten: auf den Tanzböden.

Für fünf Kreuzer ein Tanz mit allem, was dazu gehört. Das sind nicht die artigen, gedämpften Drehungen der Salons. Da ist noch Kampf und Leidenschaft, Werbung und Niederlage in den stummen Dramen. Der großmächtige, ursprüngliche Sinn der Handlung wird durch keinen Dialog gestört. Dem Dionysos wird ein stürmisches Fest gefeiert. Es sind meistens Menschen vom Lande, Bauern und Bäuerinnen, in die Stadt verschlagen, als Dienstmädchen und Soldaten verkleidet, und wenn sie tanzen, sind sie gewiß weniger unglücklich als sonst. Und sie berauschen sich aneinander bis zur Bewußtlosigkeit bei den elenden Klängen dieser Musik, im qualvollen Dampf dieses Saales. Man muß ihre Gesichter sehen, die halbgeschlossenen Augen der Mädchen, die Glut der Burschen, alle Ausdrücke der Hingebung und Schwärmerei. Und wenn sich der Tänzer schließlich über seine Tänzerin beugt und sie küßt, nein, den Schweiß von ihrer Wange trinkt, so ist das wohl eine größere Liebe, als die duftenden Marquisen zu erwecken vermögen. Denn hier hat die Illusion mehr Widriges zu überwinden. Das aber hat einen fernen Zweck: in zwanzig Jahren wird man wieder Stubenmädchen und Soldaten brauchen.

Nur wenn der Tanzrausch und Lärm und die Küsse vorbei sind, fällt ihnen wieder die Traurigkeit aufs Herz, wohl auch gemengt mit Reue. Sitzen dann vielleicht ihrer zwei bei einem einzigen Glase billigen Bieres beisammen und lassen die Köpfe hängen.

So ist ein Juli-Sonntag im Prater aus Melancholien zusammengesetzt. Und dennoch hat er etwas Erquickendes an sich. Er lehrt die mühseligen und beladenen Leute ihren schweren Wochentag wieder lieben.

Felix Salten

Der Praterkellner

Müd und hungrig kommt man in solch ein Praterwirtshaus. Man würde ja gar nicht hineingehen, wenn man nicht müd und hungrig wäre. Man will ein wenig unter Menschen sein, möchte einmal im Freien essen. Man ist in der friedlichsten Stimmung, aber das hilft nichts: man muß Krieg führen. Mit dem Praterkellner.

Der Krieg beginnt sofort, wenn wir uns in diesem menschengefüllten, von Musik, Geschrei, Tellerklappern und Gläserklirren durchtobten Garten niederlassen. Und der Krieg entsteht deshalb, weil du annimmst, du seist ein Gast, während der Praterkellner zu erkennen gibt, daß er dich für einen zudringlichen Kerl hält. Der Praterkellner leugnet zunächst deine Anwesenheit. Er weiß nichts von dir, er sieht dich nicht, er hört dich nicht. Das ist seine Technik, gegen dich zu kämpfen. Du schlägst mit dem Stock auf den Tisch, bimmelst mit dem Salzfaß gegen ein Bierseidel, zischst durch die Zähne, stößt gellende Schreie aus. Das ist wieder deine Kampfesweise. Es ist ein furchtbarer Krieg, der mit List, mit Grausamkeit, mit Erbitterung auf beiden Seiten geführt wird. Wenn aber der Kellner endlich kommt, wenn er dich endlich nach deinen Wünschen fragt, dann bist keineswegs du der Sieger. Im Gegenteil. Er hat dich mürbe gemacht. Und er nimmt gleich nachher die Feindseligkeiten von neuem auf. Er hat hundert Mittel, dich zu quälen, hundert sinnreiche Foltern, dich zu peinigen. Er verspricht dir, den Schweinsbraten, den du gewählt hast, sofort zu bringen. Darauf geht er fort und verbirgt sich irgendwo, so daß du ihn überhaupt nicht zu Gesicht kriegst. Inzwischen wiegt dich ein anderer, ein dritter, ein vierter in die Hoffnung ein: »Kummt schon!« – »Er bringt's gleich!« – »Den Augenblick!« – Knapp bevor du vor Wut in die Luft gehst, erscheint dein Gegner, bringt die Speisenkarte, und während er sie vor dir ausbreitet, mit einem Bleistiftstümpfchen darin herumfährt, macht er dir die Mitteilung, daß es keinen Schweinsbraten mehr gibt. Nun mußt du im Zustand seelischer Zerstörtheit eine neue Wahl treffen; mußt die Martern des Holens und Harrens nochmals durchmachen, mußt die Zeremonie mit der Speisenkarte nochmals vor deinen enttäuschten Augen verrichten lassen. Und bis du in deinem Stolz als »Gast« erniedrigt, in deinem Wollen gebrochen, vor Hunger und Zorn völlig entkräftet, dasitzt, reicht dir dein grausamer Feind einen Bissen zum Essen. Aber noch ist deine Niederlage nicht endgültig besiegelt, sein Triumph nicht vollkommen. Jetzt umdrängt er dich, setzt dich in Verzweiflung durch Stoßangriffe überflüssiger Aufmerksamkeit; Jetzt zeigt er dir mit ausgewähltem Hohn, daß er sich für dein leibliches Behagen aufgeopfert hat. Er zwingt dich, die Untertänigkeitskomödie zu dulden, ja er zwingt dich selbst, die Komödie eines generösen Kavaliers zu spielen. Und in dieser Rolle, die dir aufgenötigt wird, tust du, was alle Besorgten tun müssen, du zahlst auch noch eine Kriegsentschädigung. Praterkellner. Das ist eben eine besondere Gattung. Sie sind irgendwie dem »Pülcher« von der Burgmusik verwandt. Sie sind urwüchsig, ungeschliffen, naiv. Vollkommene Naturkinder. Sie machen den Eindruck von geborenen Müßiggängern, die gleichsam nur aus Perversität arbeiten. Und sie arbeiten denn auch mit einer Erbitterung, mit einem Tumult, mit einer Losgelassenheit, wie jemand, der sich in einem abnormalen Zustand befindet. Der Frack, den sie tragen, hat nicht die erziehliche Macht, ihre Wildheit zu bändigen oder auch nur zu mildern. Sie geben sich unbedenklich ihren Instinkten hin, und es gehört zu ihren Instinkten, sich nicht die Hände zu waschen, sich nicht zu schneuzen, den Schweif ihres Antlitzes auf das Brot tropfen zu lassen, das du dir erwirbst und heute einmal hier verzehren möchtest; die Hand auf die Lehne des Stuhles zu legen, auf dem du sitzest, ihren Ärmel an dein Gesicht zu reiben, wenn sie deinem Nachbar etwas reichen. Erst in späten Jahren, wenn sie behäbig, ruhig und Zahlkellner geworden sind, nehmen sie sanftere Manieren an. Dann haben sie den etwas stumpfen Kennerblick großer Routiniers, den Blick und die Miene von Männern, die nun auch das menschliche Wesen gründlich erforscht zu haben glauben, weil so unendlich viel menschliche Gefräßigkeit, so unendlich viel menschliche Besoffenheit in all den Jahren an ihnen vorüberzog.

Alfred Polgar
Zuckerbäcker

Die Zuckerbäckerladen in der »inneren Stadt« sind gesperrt. Wien ohne Konditorei! Können Sie sich das vorstellen? Das ist etwa so wie Rom ohne Antike; oder Henri quatre ohne Spitzbart; oder ein deutsch-österreichischer Politiker ohne »voll und ganz«.

Hier spielte nämlich die Zuckerbäckerei eine weit größere Rolle, als in irgendeiner Stadt der ehemals zivilisierten Erde. Unsere Literatur und Kunst fanden in der Sachertorte ihr Symbol, ihr wahrlich geschmackvollstes Symbol: zarter, wenig substantieller Teig und darüber eine etwas klebrige, schimmernde Glasur. In der Schriftstellerei hieß sie Geist.

Hier, in diesen kleinen Konditorzimmerchen auf dem »Kohlmarkt« versammelte sich die Schönheit und Eleganz der Stadt. Die zwangloseste Gemütlichkeit herrschte.

Wenn der Graf Viki – in der Konditorei nannte man die Aristokratie nur beim Vornamen – an einem der Tischchen keinen Platz fand, setzte er sich hinter den Ladentisch oder zur Küchentür und knabberte Süßes.

Hier wurde der beste Kaffee, die beste Schokolade, das wohlstschmeckende, zarteste Eis verabreicht. Hier fanden die Boutons der Kommerzienrätinnen nicht nur Bewunderer, sondern auch Schätzer (auf Krone und Heller genau), hier erregte eine falsche Perlenschnur keine Täuschung, sondern nur taktvoll-mitleidiges Lächeln.

Hier spann der Flirt Fäden, von denen manche frauliche Existenz in Höhen der Gesellschaft gezogen und manches männliche Vermögen glatt abstranguliert wurde.

Hier hielten Equipagen, deren Kutscher, die Peitsche unbeweglich aufs Knie gestemmt, aussahen wie Lords in Domestikenverkleidung. Hier flossen Milch und Honig, Schlagsahne und Fruchtsäfte zu den deliziösesten Bildungen ineinander, es roch nach zartem Parfüm und feinsten Liköraromen, jeder kannte jeden, Hochadel und Hochfinanz verkehrten reibungslos miteinander, und die ganze Gesellschaft, wie in einen unsichtbaren Schleier von Staubzucker gehüllt, schien selbst ein kunstvolles Produkt aus Gottes Konditorei.

Das ist nun vorüber. An vier Tagen der Woche ist der Zuckerbäckerladen geschlossen, an den übrigen gibt es nur wenig Bäckerei aus schwärzlichem Mehl, Bonbontüten ohne Bonbons, Kaffee ohne Kaffee.

Die Fräuleins im Geschäft sagen: Es sind harte Zeiten! Graf Viki sitzt in Umform auf dem Ladentisch – obzwar jetzt anderswo Platz genug im Lokal wäre – und macht ein gelangweiltes Antlitz.

Das süße Wien ist tot.

Daß es schon bei Lebzeiten nach Verwesung roch, war eine Folge seiner Süßigkeit.

Karl Kraus

Der seelische Aufschwung

auf einer Fahrt der Elektrischen Baden-Wien. Personen: Ein Schwerbetrunkener, der im zivilen Leben ein Möbelpacker sein dürfte, Riesenfigur, buschiger Schnurrbart, Pepitahosen, welche die Spuren von übermäßigem Weingenuß und einer eben überstandenen gewaltsamen Entfernung vom Tatort zeigen. Er hat einen Sack neben sich, aus dem er hin und wieder eine Flasche hervorzieht. Er gerät mit einem Paar in Streit, weil er an das Mädchen angestoßen ist, bedroht den Begleiter, und brüllt die ganze Fahrt hindurch: »A so a Binkel – wüll sich da aufbrausnen – wos hom denn Sö fürs Votterland geleistet? Legitimiern S' Ihna! Vur mir! – Schaun S' mi an – solchene Söhne wie Sö hob i im Föld – die wos mehr Bart ham als wie Sö – die leisten wos – fürs Votterland – wissen S' von wo i kumm – von Boden kumm i – vom Spitol – durt is mein Sohn – Sö Binkel – legitimiern solln S' Ihna – was glauben denn Sö – so aner – wüll sich da aufbrausnen – vielleicht weils Ihner Muckerl bei Ihna hobn – was ham denn Sö fürs Votterland geleistet? – schaun S' mi an – i leist was – fürs Votterland – a jeder soll aufbrausnen als wia der – Sö Binkel – i leist wos – legitimiern S' Ihna – do schaun S' her – wissen S' wos dös is – a Földpostkarten von mein Neffen – fürs Votterland – Sö Binkel – legitimiern soll er sich – der Binkel – vur mir soll er sich legitimiern – hot nix geleistet – für's Votterland –« Nachdem er sich über Zureden des schwächlich aussehenden Kondukteurs ein wenig beruhigt hat, bietet er den Umsitzenden, auf die er abwechselnd fällt, die Flasche: »G'fällig, Herr Nachbar –

weil mer Österreicher san!« Ein so angesprochenes galizisches Flüchtlingsehepaar lehnt dankend ab und flieht auf andere Plätze, läßt aber an der alten Stelle den Schirm zurück. Der Kondukteur sucht den Gast, der wieder laut wird, zu beruhigen. Man hört nur noch die Worte: Binkel, Votterland und legitimieren, und hat die Empfindung, daß namentlich die beiden letzteren im Gehirn des Mannes bereits eine unauflösliche Verbindung eingegangen sind. Der Verzehrungssteuerbeamte erscheint, sichtlich erfreut, und wünscht zu wissen, was der Mann im Binkel habe. »Der Binkel – fürs Votterland – legitimiern –« grollt dieser dumpf. Er wird nach langem Zureden dazu gebracht, zu öffnen und eine Steuer von 20 Heller zu erlegen. Während dessen hält der Zug. Ein Wiener, der inzwischen den Platz eingenommen hat, wo das galizische Paar gesessen war, beginnt unzufrieden zu werden: »Da müssen mir halt alle warten, wegen so einer Lappalie! Immer gibts auf dera Strecken solche Unannehmlichkeiten!« Der unzufriedene Wiener verläßt den Zug. In der nächsten Station verläßt auch der Besoffene den Zug und ruft von außen noch, wieder lebhafter werdend: »Fürs Votterland – soll er si legitimiern – der Binkel – hat nix geleistet – fürs Votterland –« Das galizische Paar bezieht, nachdem die Gefahr beseitigt ist, wieder die alten Plätze. »Wo ist der Schirm, Herr Kondukteur, wo ist der Schirm?« Den hat der unzufriedene Wiener mitgenommen, weil es draußen regnet. Aber auch das Wageninnere ist ganz naß. Sonst hat sich nichts verändert, in all der Zeit. Wir sind in Wien.

Karl Kraus

’s gibt nur an Durchhalter!

Zu den grauslichsten Begleiterscheinungen des Durchhaltens, als wär’s kein Leiden, sondern eine Passion, gehört dessen tägliche Feststellung, Belobigung und behagliche Beschreibung. Wie der Wiener schon in Friedenszeiten davon durchdrungen war, daß er ein Wiener ist, sich das täglich zum Frühstück und zur Jause nicht nur selbst ins Ohr sagte, sondern es auch zweimal in der Zeitung zu lesen bekam, und in einer Art, daß wenn ihm erzählt werden sollte, viele Leute seien auf dem Stephansplatz herumgestanden, ihm statt dessen gesagt wurde, es seien viele Wiener gewesen – so wird in der Zeit der schweren Not keinem das Durchhalten so leicht gemacht wie dem Wiener, denn keiner trifft es so leicht wie der Wiener, weil er eben vor allem ein Wiener ist und wiewohl der Wiener nicht nur Bedürfnisse hat wie ein anderer, sondern auch speziell als Wiener einen speziellen Gusto auf Spezialitäten, diese Triebe doch spielend zu unterdrücken vermag, indem er eben ein Wiener ist und deshalb also natürlich auch zu seinem Kaffee, den er nicht bekommt, Hab’ die Ehre sagt und wenn er schon nicht mehr seine Kaisersemmel hat, so doch noch seinen Humor hat, mit dem er sich jederzeit nicht nur über die Teuerung, sondern auch über den Mangel leger hinwegsetzen kann und mit dem er erforderlichenfalls sogar ein Zigarettl, das er nicht kriegt, sich anzuzünden vermag, so fesch wie es außer ihm auf der weiten Erde eben nur er kann, der Wiener.

Wie die Beziehung des Wieners zur Natur sich in einer fortwährenden Berufung auf die »Anlagen« ausspricht, so ist die Beziehung des Wieners zum Leben eine unerschöpfliche Auseinandersetzung mit den Viktualien, und es muß einen tiefen Grund haben, daß jene häufige Redensart, durch die der Wiener dem Ernst einer Situation gerecht werden will, den keine Illusion übriglassenden Wortlaut hat: »Da gibts keine Würschteln!« Anstatt sich nun mit dieser Tatsache im gegebenen Zeitpunkt abzufinden, wird der Wiener nicht müde zu versichern, wie vortrefflich er die Würschteln zu entbehren verstehe und daß es direkt ein Hochgenuß sei, auf sie zu verzichten – eine Wiener Spezialität, ein Gustostückl, vom Schicksal eigens für den Wiener reserviert. Nicht nur davon überzeugt, daß ihn die Schöpfung als ihren eigentlichen Zweck beabsichtigt habe und daß der Stephansturm annähernd Sitz und Mittelpunkt der Verwaltung des Kosmos sei, ist es ihm gelungen, den berechtigten Glauben, daß es nur *eine* Kaiserstadt, nur *ein* Wien gebe – einen ähnlichen Hinweis hat bekanntlich unlängst der englische Zensor nach Deutschland mit einem »Gott sei Dank« durchgehen lassen –, daß es ferner nur *eine* Fürschtin gebe, die Metternich Paulin, in einer Art sangbar zu machen, daß es für ihn auf der Welt *nur* a Kaiserstadt, *nur* a Wien und *nur* a Fürschtin zu geben scheint, und durch den gerechten Zufall eines schlechtgebauten Couplets hat er sich des Unvermögens schuldig bekannt: nichts sonst zu sehen, wo immer er hinkommen mag, als eben diese ihm vertrauten Erscheinungen. Wien in jeder Stadt suchend, war er ungehalten, wenn er es nicht fand, nicht wiedererkannte, fuhr nach Paris, um »auf ein Rindfleisch« zu Spieß ins Restaurant Viennois zu gehen, verglich es mit dem von Meißl & Schadn, und kehrte an Selbstbewußtsein bereichert zurück. Wie der Deutsche, ohne auf besondere

Wünsche des Berliners dabei Rücksicht zu nehmen, sich in jeder Lebenslage einen Deutschen nennt und auch vor Leuten, die nie daran gezweifelt, ja es auf den ersten Blick selbst bemerkt haben, so muß der Wiener nicht erst vor einem Spiegel stehen, um sich als Wiener zu erkennen. Man mag aber zugeben, daß der Deutsche in der Verwendung der Methode, sich aus sich selbst zu definieren, sparsam ist im Vergleich mit dem verschwenderischen Wiener, der seit einigen Jahrzehnten gewohnt ist, sein Gemüt sowohl wie sein Gemüse, seinen Schick sowohl wie seinen Schan als spezifisch wienerisch zu bezeichnen, und sehr wohl imstande wäre, bei der Ausfertigung eines Reisepasses, der ihn heute zwar nicht in Konflikt mit der Welt bringen kann, darauf zu dringen, daß sein Geburtsort zugleich als besonderes Kennzeichen notiert werde. Denn es gibt wohl kaum einen Wiener, der nicht felsenfest darauf bauen würde, daß er ein apartes Blut mitbekommen habe. Das wäre freilich noch keine Überhebung, sondern nur eine ethnologische Behauptung, die sich am Ende sogar beweisen ließe. Das Bedenkliche aber ist, daß er von sich überzeugt ist, daß überhaupt nur er ein Blut bekommen habe und kein anderer, denn er wäre wohl peinlich überrascht, wenn er eines Tages hörte, in den russischen Zeitungen sei etwas von einem feschen Petersburger Blut gestanden. Und mit ihm wäre die ganze Welt erstaunt, denn es ist Tatsache, daß so etwas noch nie vorgekommen ist. Es kommt eben nur in Wien vor, wo Leute, die daselbst schon 50 Jahre und mehr ansässig sind und längst nicht mehr ihre Zuständigkeit beweisen müssen, in der Zeitung plötzlich als »Wiener« agnosziert werden, während man doch noch nie gelesen hat, daß zur Begrüßung des Königs von Schweden sich ein Spalier von zahllosen Stockholmern gebildet habe. Höchstens die Schweizer noch haben diese Ehrlichkeit, ohne Umschweife sich selbst als »Schweizer Bürger« anzusprechen, wobei aber mehr die Anständigkeit, sich an einen einmal geleisteten Eid öfter zu erinnern, mitspielt, als die Selbstgefälligkeit einer unverantwortlichen Gegenwart. Auch sind die Schweizer die unvergleichlich besseren Hoteliers, die nicht so ungeschickt wären, Ausländer durch eine lästige Hervorhebung der eigenen Vorzüge vor den Kopf zu stoßen, während die Wiener den Fremdenverkehr, zu dem sie einen unglücklichen Hang haben, um jeden Preis heben wollen, ohne zugleich ihre Einrichtungen zu heben, deren Attraktion sie gerade darin erblicken, daß sie so wie sie sind geschätzt werden müssen, weil sie eben spezifisch wienerisch sind.

Dieses Monopol des Wieners auf Einzigartigkeit in allen Lebenslagen, und nun sogar im Verzicht auf die Lebensgüter, zu verteidigen und tagtäglich zu stützen, dazu hat vorzüglich die israelitische Presse einen Tonfall, dessen Überredungskraft es nicht nur gelungen ist, einen Menschenschlag, der einst an der noblen und weltsinnigen Lebensführung des Vormärz wie kein anderer teilnahm, kulturell einzukreisen, sondern ihm auch unter täglicher Entschädigung durch eine ekelhafte Liebedienerei einzureden, das Gegenteil sei der Fall und der Wiener habe vor dem allgemeinen Fortschritt, nämlich dem, der mit der Eisenbahn die Menschen weiterbringt, noch seine besondere »Note« voraus, weil er eben trotz der Fähigkeit, sich der Eisenbahn zu bedienen, doch mit Leib und Seele ein Wiener geblieben sei. Wie er jetzt nur auf die Seele angewiesen ist, um diese Eigenschaft zu betätigen, wie er ohne Fett selbstlos geworden ist, das bekommt er Tag für Tag bestätigt und gepriesen, und der Wiener fühlt sich, gebildet wie er ist, besonders geschmeichelt, wenn ihm sein Entbehrungsschmock nun erzählt, daß er, der Wiener, über alles Erwarten, nein mehr: wie man nicht anders von ihm erwarten konnte, und akkurat wie es von ihm zu erwarten war, die Opfer, die man von ihm eigentlich nicht verlangen dürfte, dennoch bringt und zwar deshalb, weil sie von ihm »geheischt« werden.

Es hieße Eulen nach Athen tragen, wollte man erst ausdrücklich betonen, daß die Schadenfreude unserer Gegner sich der bestimmten Erwartung hingab, der Aushungerungs- und Erschöpfungskrieg werde den als leichtlebig und genußsüchtig verschrienen Wiener als das erste Opfer zur Strecke liefern. Diese Hoffnung ist, wie wir alle wissen, gründlich vereitelt worden. Wien hat sich mit heiterer Unbefangenheit in alle Entbehrungen zu schicken gewußt, die der Krieg mit sich brachte. Nach einigen leicht begreiflichen Unsicherheiten schwenkte die ganze Bevölkerung mit einer Sicherheit und Promptheit, die auch unseren preußischen Bundesbrüdern Ehre gemacht hätte, in das System der Reglements und Verordnungen ein, die den Verbrauch der notwendigen Nahrungsmittel regelten. Die Brotkarte ist ebenso eine Selbstverständlichkeit geworden, wie die fleischlosen Tage. Ohne jede Sentimentalität gedenken wir des Wiener Gebäcks.

Freilich könnte die gute Laune noch gehoben werden, wenn man Eulen, die vielleicht ganz schmackhaft sind, statt immer nur nach Athen, wo man an einem embarras de richesse zugrunde geht, zur Abwechslung einmal nach Wien tragen wollte, und die Frage, ob die preußischen Bundesbrüder, auf die beim Einschwenken geschaut wurde, es nicht doch noch besser getroffen haben, da sie's ja gleichzeitig üben mußten, bleibe unentschieden. Aber es läßt sich nicht leugnen, die Zeiten, wo einem das Herz aufging, wenn es einem Guglhupf geschah, sind vorbei, und auch in Bezug auf das Rindfleisch ist der Wiener aus einem Epikuräer ein Stoiker geworden. Und ich bin Zyniker genug, es zu beweisen:

Wir haben die liebevoll gehätschelten Idiosynkrasien des Wiener Geschmacks abgelegt, uns zum Schöpsernen und sogar zum Seefisch bekehrt. Fallen sehen wir Zweig auf Zweig! Nach dem mit verschwenderischer Auswahl auf den Tisch gestellten Gebäckkörbchen verschwanden die Kaisersemmeln, das Salzstangel und das mürbe Gebäck .... Wir haben die Maisperiode mit klassischem Stoizismus übertaucht und fühlen uns magenkräftig genug, eine neue Maiszeit mit der Hoffnung auf Wandel zu überstehen.

Man beachte die nur scheinbar scherzhafte, im Innern aber – oder muß man jetzt »Innerei« sagen – ganz ernsthafte Verwendung der religiös-philosophischen Sphäre. Der Mangel an Schweinernem ist Zuwag an Seelischem. Es gibt noch andere kriegführende Völker; aber keinem trägt das brave Durchhalten eine so gute Sittennote ein wie dem Wiener, dessen Reife nicht nur in der Entsagung, sondern auch in der heitern Würde, mit der sie sich vollzieht und die beinahe an die Seelengröße des in den Tod gehenden Sokrates hinanreicht, von allen Historikern bemerkt wird. »Ohne Deklamation, ohne Ruhmredigkeiten« haben die Wiener, nach der Versicherung des Herrn Salten, auf den Jausenkaffee verzichtet. »Bitte« – könnte ein Wiener einem Londoner einmal vorhalten – »haben Sie damals kein Weißgebäck gehabt? No alstern, nacher reden S' nix!« Heute aber beißt er die Zähne zusammen und schweigt. Denn so dulden kann nur er:

Nicht einmal das Wort Patriotismus wird um dieser Dinge willen bemüht. Man nimmt sie einfach hin, richtet sich danach ein und spricht nicht darüber.

Nur täglich bißl in den Zeitungen. Eine »Haltung, die in ihrer gleichmäßigen Ruhe wie in ihrer Würde bewundernswert und, nebenbei, ergreifend ist«, rühmt jener Salten dem Wiener nach.

Natürlich redet man vom Krieg, wo zwei Menschen beisammen sind, allein Gespräche über Mehl, Butter, Milch und ähnliche Dringlichkeiten gibt es fast gar nicht. Wollte jemand in Gesellschaft oder sonstwo feierlich erklären: wir müssen durchhalten!... er würde dem gleichen kühlen Schweigen begegnen, wie ein effekthaschender Schauspieler. Denn das Durchhalten ist selbstverständlich, es wird einfach geschafft. Aber man liebt es nicht, daß darüber mit Pathos geredet wird....

Vielleicht unter jenen, die Hunger haben. Aber nicht unter den Armeelieferanten und Salten-Lesern, also in der Gesellschaft.

Eine Wiener Eigenschaft hat sich übrigens auch während des Krieges nicht verändert. Sie stellen ihr Licht noch immer geflissentlich hinter den Scheffel und nennen das: Diskretion.

Sie nennen es Diskretion und machen draus ein Feuilleton. Der Wiener tut seine Pflicht, aber er sagt nicht, daß er seine Pflicht tut, sondern er sagt, daß er nicht sagt, daß er seine Pflicht tut – wer sagt, daß er nicht seine Pflicht tut?

Egon Friedell

Die Todesnachricht *(Eine Wiener Milieustudie)*

Als Ulrich, der Erbonkel meines Freundes Meier, eines Morgens erwachen wollte, gelang es ihm nicht. Seine Umgebung schloß daraus, daß er tot sei, und ich erhielt den Auftrag, Meier mit dieser Tatsache möglichst schonend bekannt zu machen. Das war um acht Uhr früh. Ich dachte mir nun die Sache so: Ich werde Meier, der vor der Stadt wohnt, ganz nonchalant antelephonieren, ihn bitten, mich zu besuchen, und ihm dann die Sache vorsichtig einlöffeln.

Ich betrat zu diesem Zweck ein Caféhaus und bestellte pro forma eine Schale jenes Getränks, das man in Wien ›Melange‹ nennt, von dem aber noch niemand herausgebracht hat, aus welchen Chemikalien es gemischt ist. Dann fragte ich nach dem Telephonzimmer. Ich erhielt folgende Antwort:

»Glei am Schank links übri, dann biegens Ihna halbrechts, dann durch'n Gang, der Ihna entgegenschaut, dann schief gradaus, nacher drahns Ihna, und dann quer links über'n Hof.« In der Tat gelang es mir denn auch, in kaum einer halben Stunde das Telephonzimmer zu finden. Ich läutete an. »Hallo!« »Bitte, Fräulein, Nummer eintausendsiebenhundertzweiunddreißig.« »Wie bitte?« »Eintausendsiebenhundertzweiunddreißig.« »Wie bitte?« »Eintausendsiebenhundertzweiunddreißig.« »Ich versteh' kein Wort.« »Eintausendsiebenhundertzweiunddreißig.« »Eintausendachthundertneunundzwanzig?« »Eintausendsiebenhundertzweiunddreißig.« »Eintausendsiebenhundertzweiunddreißig?« »Jawohl.« Nach einer Viertelstunde sagte etwas ins Telephon: »Was? Sie wollen Saldo-Rimessen? Seit wann hamm mir Saldo-Rimessen? Mir hamm doch aufrechten Trattenverkehr!« Ich läutete ab. Ich läutete an. Ich läutete noch sehr oft an. Ich rief den Pikkolo. Der Pikkolo läutete. Ich rief den Marqueur. Der Marqueur läutete. Ich rief die Kassiererin. Die Kassiererin läutete. Ich rief den Wirt. Ich rief den Hausherrn. Ich rief den Redakteur Geyer vom ›Fremdenblatt‹. Alle läuteten. Niemand meldete sich.

Infolgedessen beschloß ich, wegzugehen und es irgendwo anders zu versuchen. Zu diesem Zweck versuchte ich zu zahlen. Ein Kellner, den ich anrief, sagte gereizt: »Bitte, bin kein Zahlkellner.« Ein zweiter Kellner, den ich anrief, sah mich erstaunt an und sagte in einem Ton, als ob er mich für geisteskrank hielte: »Ist nicht mein Rayon.« Ein dritter Kellner, den ich anrief, nickte hastig mit dem Kopf, verschwand fluchtartig in der Küche und kam nie mehr wieder. Ich legte daher einen Gulden auf den Tisch und verließ das Lokal. Im Hinausgehen bemerkte ich noch, wie der Pikkolo den Gulden einsteckte und sich tief gegen mich verneigte. Ich betrat ein zweites Caféhaus. Es gelang mir auch dort, die Telephonkammer zu finden, aber als ich sie öffnete, hatte ich den Eindruck einer Grubenkatastrophe. Mehrere Männer standen oder hockten in dem engen dunklen Raum und schwangen Windlichter, Spaten, Röhren und ähnliche Instrumente. Gleichzeitig schlug mir der Geruch einer scharfen Säure entgegen. Der Wirt, den ich um den Sinn dieser geheimnisvollen Gebärden befragte, erklärte mir, der Installateur sei da.

Infolgedessen betrat ich ein drittes Caféhaus. Dieses Caféhaus hatte so wunderbare, geordnete Zustände, daß ich es anfangs für eine Luftspiegelung hielt. Ich fand nämlich sogleich das Telephonzimmer und konnte es sogleich benützen. Auch die Telephonistin schien ein höheres Wesen zu sein, denn sie verstand die Nummer sogleich richtig, und gleich darauf sagte die Stimme meines Freundes: »Hier Meier. Wer dort?« In diesem Augenblick erhielt ich jedoch einen furchtbaren elektrischen Schlag und stürzte bewußtlos zusammen. Als ich erwachte, war ich auf dem rechten Ohr taub, aber das linke war gänzlich intakt geblieben.

Infolgedessen beschloß ich, auf die ältere Erfindung der Telegraphie zurückzugreifen. Ich ging auf ein Postamt und fragte den Portier: »Bitte, wo kann man hier Telegramme aufgeben?« »Tellgramme? Dös gibts bei uns gar net.« »Aber erlauben Sie, hier ist doch ein Postamt?«

»Ja, dös schon, aber Tellgramme, dös gibts da bei uns net.« »Aber, lieber Freund, es muß doch bei Tag ein Depeschendienst sein!«

»Ah, a Depetschen! Ja, warum ham S' denn dös net glei g'sagt? Ja, a Depetschen, dö können S' da glei links aufgeben.« Ich begab mich also nunmehr an einen Schalter, über dem seltsamerweise ›Telegramm-Annahme‹ stand. Der diensttuende Beamte warf einen geringschätzigen Blick auf das Telegrammformular und ergriff eine neben ihm liegende Wurst, die er zu essen begann. Dazwischen tat er kurze, kräftige Schlucke aus einem Glase Bier. Endlich trat er an den Schalter und sagte:

»Was soll ich denn mit dem Wisch? Das ist ja ein Stadttelegramm. Das kann ich nicht annehmen.«

»Wo werden denn Stadttelegramme angenommen?« »Nur in der Zentrale.«

»Bitte, wo ist denn die Zentrale?« »In Floridsdorf. Übrigens ist hier kein Auskunftsbureau.«

Indes hätte nur ein ganz lebensunkundiger Mensch hieraus die Konsequenz gezogen, auf die Zentrale zu gehen, denn nach Floridsdorf waren es drei Stunden, und zu meinem Freunde bloß zwei Stunden.

Infolgedessen sah ich ein, daß von dieser Erfindung auch kein nennenswerter Vorteil zu erhoffen sei, und bestieg die elektrische Straßenbahn, um zu meinem Freunde zu fahren, das heißt: ich wollte sie besteigen. Denn als ich an die Haltestelle kam, standen dort vierzehn Wagen, einer hinter dem andern. Viele berittene Schutzleute sprengten auf Pferden dazwischen umher und erteilten mit napoleonischen Gebärden allerlei geheimnisvolle Befehle.

Infolgedessen begab ich mich auf einen Autohalteplatz. Merkwürdiger Weise standen dort zwei Automobile, allerdings ohne Chauffeure. Auf mein lebhaftes Zurufen hin eilten diese jedoch aus dem gegenüberliegenden Gasthause diensteifrig herbei und befestigten jeder auf seinem Wagen die Tafel ›Bestellt‹.

Infolgedessen begab ich mich zum nächsten Stadtbahnhof. Das Studium des Fahrplans belehrte mich jedoch, daß der nächste Zug erstens in dreiundvierzig Minuten ging, und daß er zweitens einen angenehmen Bogen durch eine Reihe landschaftlich entzückend gelegener Punkte Niederösterreichs beschrieb, um dann wieder zu seinem Ausgangsort zurückzukehren. Daß er dabei fast lauter Ortschaften berührte, die schon im Nibelungenlied erwähnt werden, bot mir für meine Absichten keine nennenswerten Vorteile.

Infolgedessen erwachte in mir ein tiefes Mißtrauen gegen alle neumodischen Erfindungen, und ich bestieg einen mit schlichten Pferden bespannten Omnibus. Alsbald stieß dieser jedoch auf eine unabsehbare Menschenmenge. Der Kutscher sprang ab und zündete sich eine Virginia an. Die Passagiere drängten hastig aus dem Wagen und mischten sich unter die Menge. Es hatte sich nämlich das Gerücht verbreitet, daß in einer Stunde der Schah von Persien vorbeikommen wolle.

Infolgedessen begab ich mich auf einen Einspännerstandplatz. Die Herren Kutscher begannen mich sogleich zu umschwärmen und eifrig auf mich einzusprechen. »Aber, Herr Baraun, ich kenn Ihna ja eh.« »Was waßt denn du? I führ in Herrn Dokter scho zehn Jahr.« »Fahren S' mit mir! I bin der beste Renner vo Wien!« Ich entschied mich für einen wohlwollend aussehenden älteren Herrn. Nun entwickelte sich eine fieberhafte Tätigkeit. Viele Decken wurden von dem Pferde abgehoben und auf den Bock placiert, ein riesiger Trog mit Wasser zur Tränkung wurde herbeigetragen, die Räder des Wagens wurden gewaschen, dem Tier wurde ein Futtersack vorgebunden, und in wenigen Stunden war alles Nötige zur Fahrt vorbereitet. Der Kutscher nahm von seinen Freunden und Kollegen sowie von seinem nächsten Untergebenen, dem ›Wasserer‹, Abschied, brachte seine Schulden beim Wirt und beim ›Greißler‹ in Ordnung, traf noch einige letztwillige Verfügungen und fuhr ab. Wir fuhren und fuhren, bis wir endlich im lieblichen Donaugelände Halt machten.

Dort öffnete der Kutscher den Wagenschlag und sagte: »So, jetzt hätt' i a Fuhr.« »Wieee?«

»Ja, i bin jetzt b'stellt. I kann Ihna nimmer führ'n. I hab net g'wußt, daß dees so weit is. I hab jetzt a andre Fuhr.« Da er nicht umzustimmen war, sagte ich endlich: »Also scheren Sie sich zum Teufel. Was bekommen Sie?« »Aber Euer Gnaden wissen ja eh.«

»Ich weiß es nicht. Was bekommen Sie?« »No, was halt recht is.«

»Ja, das möchte ich eben von Ihnen erfahren. Was bekommen Sie?« »No, was halt die Tax is.«

»Ja, was ist denn die Taxe?« »No, Euer Gnaden, mir wer'n do kan Richter net brauchen.«

»Ich frage Sie, was Sie zu bekommen haben?« »Aber, Euer Gnaden wer'n si do net herstell'n.«

Ich griff nun zu jenem Mittel, das ich in solchen Fällen immer anwende: ich gab ihm eine Summe, von der ich ganz bestimmt wußte, daß sie zu klein sei, worauf er mir seine Ansprüche unter unflätigen Beschimpfungen bekanntgab.

Es war jedoch inzwischen neun Uhr geworden, und die Sterne waren aufgegangen. Ich beauftragte daher einen Dienstmann, zu meinem Freunde Meier zu gehen und ihm zu sagen, er möge mich im Lauf des nächsten Vormittags besuchen. Der Dienstmann hörte mir aufmerksam und gespannt zu. Dann verließ er mich. Ich selbst begab mich erschöpft zu Bette. Um zwei Uhr nachts läutete es an meiner Wohnung. In der Tür stand der Dienstmann und sagte: »Alles in Ordnung. Ich hab' die Dame gleich mitgebracht.«

Anton Wildgans

Geistliche Feste und weltliche Gebräuche *(Auszug)*

Der Christ, insonderheit der katholische, wiederholt in jedem Jahre zwischen Maria Geburt und Fronleichnam den Lebens- und Leidensweg seines Herrn und Heilands, indem er die Feste, die ernsten und freudigen, begeht, die ihm die Kirche gleichsam als Meilenzeiger an jene Via dolorosa sive triumphalis eingesetzt hat. Weil aber zu allem, was der Mensch selbst in noch so frommer Absicht tut, auch der Teufel, wie man bei uns in Wien sagt, seinen Kren dazu gibt, so ist es mit der Zeit vielfach so weit gekommen, daß das weltliche Beiwerk der heiligen Feste deren überweltlichen Sinn überwuchert. Genau so, wie es der wilde Efeu bei dem kraftstrotzendsten Baume dahin bringt, daß er alles Eigenleben einbüßt, um schließlich, abgestorben, seinem Blutsauger als Stütze zu dienen. Ja mehr noch als dies! Der Sinn mancher geistlichen Gedenktage hat sich mitunter fast in sein Gegenteil verkehrt, zumindest was die Art betrifft, in der sie gefeiert werden. Die Nacht, in der unser Erlöser in Armut und Niedrigkeit geboren wurde und bei Ochs und Esel in einem bescheidenen Futterkripplein lag, pflegt dadurch begangen zu werden, daß, wer es kann, ganze Basare von lauter höchst kostspieligen und unbescheidenen Sachen aufstapelt und daß alle Fähigkeit, sich zu freuen, von der Heilsbotschaft der Engel auf jene Dinge der Weltlust abgelenkt wird. Und wenn um die Mitte dieser Nacht in einer Großstadt die Christmette abgehalten wird, so freuen sich darüber am meisten die Taschendiebe, die bei solcher Gelegenheit in anderer Weise als der heilige Apostel Petrus ihre Fischzüge ausführen, indem sie den Leuten, die auch nicht so sehr wegen des Gloria in excelsis Deo als wegen der nächtlichen »Hetz« zur Kirche gekommen sind, die Börsen und Brieftaschen ziehen. Was aber gar die Fasttage anbelangt, an denen der Christenmensch den Leibgurt enger schnallen und zumindest nichts Warmblütiges verzehren sollte, so hat Satanas dem Gebote zum Spott hier sein Meisterstück vollbracht, indem er speziell für die Wiener den gebackenen Karpfen erfunden hat, den diese mit bei weitem sündhafterer Gaumenlust schnabulieren, als sie ihr wochentägliches Rindfleisch verzehrt haben würden, obwohl sie auch bei diesem die Hoffart so weit treiben, daß jeder echte Wiener auf sein besonderes »Gustostükkerl« versessen ist wie der Teufel auf eine arme Seele. Wozu noch zu bemerken wäre, daß alle diese Gustostükkerln ihre eigenen, oft geradezu babylonisch klingenden Namen wie Beiried, Hieferschwanzl oder Kruspelspitz führen, Namen, die der eingeschworene Rindfleischesser mit nahezu fetischistischer Zärtlichkeit auf die Zunge nimmt. Der gebackene Karpfen aber am Heiligen Abend und am Karfreitag, in der rituellen Zusammenstellung mit Erdäpfelsalat, bleibt für den Wiener der Gipfel der fastenwidrigen Sinnenfreude und ist dergestalt so recht das Symbol dafür, wie man den Teufel durch Beelzebub austreibt und wie die Menschen allerwegen den vermaledeiten Ast so heranzubiegen wissen, daß ihnen die verbotene Frucht recht bequem in den Mund hängt und sie nachher sagen können, der Apfel und nicht, der nach ihm geschnappt, sei am Sündenfalle schuld gewesen. So wird es wohl überall auf der Welt sein und nicht nur in Wien, und somit, liebe Landsleute:

Nichts für ungut!

Wenn ich den Anfang der Zeit, in welche die meisten christlichen Erinnerungstage fallen, auf das Fest Maria Geburt verlegt und als deren Ende Fronleichnam bezeichnet habe, so möchte dies dem Kenner des Kirchenjahres und seiner Feiertagssymbolik recht willkürlich erscheinen, und so ist es auch. Und dennoch hatte ich meinen guten Grund dafür. Denn ich schreibe diese Betrachtungen nicht als Liturgiker, sondern vom Gesichtspunkte meiner Kindheit aus, und für diese galt als Anfang der Periode, in der einem Feste so recht zum Bewußtsein kamen, der Beginn jenes alljährlichen Leidensweges, den man das Schuljahr zu nennen pflegt, während Fronleichnam dessen baldiges Ende aufs freudigste vorausfühlen ließ. Kommen dann doch nur mehr Peter und Paul am 29. Juni! Da aber war einem schon alles »wurscht«; denn entweder man hatte seinen »Sechser« in Mathematik bereits, oder man hatte ihn nicht. Zu ändern war da nichts mehr, und in dieser fatalistischen Stimmung ging das Fest der Apostelfürsten genau so gut unter wie Maria Himmelfahrt am 15. August im Freudenüberschwange der Sommerferien. Während dieser bedeuteten schon bei weitem mehr: der Annentag am 26. Juli und Kaisers Geburtstag am 18. August. Ersterer, weil da vom sinkenden Abend an bis tief in die Nacht hinein Raketen vom Kahlenberg aufstiegen, der letztere, weil es da in jeder Sommerfrische auch Feuerwerk, Lampions und ein besseres Essen gab, und vor allem deshalb, weil dies der einzige Kaisertag des Jahres war, an dem einen keine Schule der Welt zwingen konnte, in beschämender Paarweisheit zur Kirche zu gehen.

Nun aber zu den Festen und zu dem, wie sie in meiner Kindheit gefeiert wurden, selbst!

Das erste im Schuljahr war das des heiligen Leopold, des Landespatrones von Niederösterreich. Darüber aber kann ich aus meiner frühen Erinnerung nichts aussagen; erstens weil man in jenen altmodischen Läuften Kinder aus »besseren Familien« zu dem heidnischen Kult des »Faßlrutschens« in Klosterneuburg nicht mitgenommen hat, und zweitens, weil es auch überflüssig ist, darüber etwas auszusagen. Denn die angeheiterten Spießbürger der Achtzigerjahre dürften sich dabei nicht viel anders benommen haben als die jetzigen; nur daß diese es nicht mehr so nötig haben, zum Faßlrutschen zu fahren, da ihnen die heutige Mode das Vergnügen, den Damen bis über die Knie hinauf zu sehen, weit müheloser gestattet. Das nächste Fest im Schuljahr war der 2. Dezember, der Tag des Regierungsantrittes des Kaisers. Es zeichnete sich, besonders für den Gymnasiasten, dadurch aus, daß an seinem frühen Morgen die gefürchteten Herren Professoren in ihren Staatsbeamten-Galauniformen mit Dreispitz, goldenen Aufschlägen und Galanteriesäbel zum Festgottesdienst erschienen, was die grimme Komik dieser Schreckgestalten für die grausame Beobachtungsgabe der Knaben um ein beträchtliches erhöhte. Wir hatten unter ihnen einen für Geschichte und Geographie, der in früheren Tagen das Leben der Südseeinsulaner erforscht hatte. Ehre übrigens seinem Angedenken! Denn er konnte, wenn der Vater des Schülers eine höhere Rangklasse bekleidete als er – und dieses Glück hatte ich durch alle acht Jahre! – sehr wohlwollend sein. An Kaisertagen aber pflegte er mit einer solchen Tracht exotischer Orden geschmückt aufzutreten, daß er einem Preisboxer ähnlicher sah als einem Pädagogen.

Das nun folgende Fest des frühen Winters war und ist

das des heiligen Nikolaus, in Wien kurzweg »Der Nikolo« genannt. Es wurde damals nicht viel anders begangen, als wir es noch heute unseren Kindern bereiten. Heiliger und Satanas, jener mit wallendem Wattebart als Bischof, dieser mit roter Stoffzunge und Rute, einem Rauchfangkehrer nicht unähnlich, erschienen am Nachmittag des 5. Dezember, wenn es schon finster war, unter Kettengerassel für die Schlimmen und mit allerhand Süßigkeiten für die Artigen in der Stube der Kleinen. Heute in der Zeit der Halbwattlampe dürfte dieser Zauber selbst bei den Jüngsten nicht mehr allzusehr verfangen; damals aber brannte noch die Petroleumstehlampe, mehr Dämmerung als Licht verbreitend, vom Kasten herab, und wenn man etwa noch nach der Bescherung auf einen Spaziergang mitgenommen wurde, so war die Stadt plötzlich voller Buden geworden. Sowohl um St. Stephan als auch um die Kirchen der Vorstädte standen sie herum, den Zelten von Magiern und Sternguckern vergleichbar. Die scharlachrote Glut flackernder Kienspäne und die blasse offener Kerzen übergeisterte die bunten und wohlriechenden Gebirge jenes Backwerkes, das man in Wien und Österreich Lebzelten nennt, und dieser Duft nach Zuckerguß und zarten Gewürzen vermischt sich am Nikolotage zum erstenmal im winterlichen Jahre mit jenem der Wachslichter und Tannenbäume, die in der Nachbarschaft der Buden von da an zum Verkaufe ausgestellt zu werden pflegen. Das macht den heiligen Nikolaus zum rechten und echten Vorläufer des Christkindes, und war der eine gnädig gewesen, so konnte man immerhin hoffen, daß auch das andere nicht mit leeren Händen kommen werde. Wenn man nur – brav war!

Ja, wenn man nur brav war! Dieses Wort, von Eltern so

leicht zu sprechen und von Kindern so schwer zu leben, es war und ist wohl auch heute noch der ewige Kehrreim zwischen dem 6. und 24. Dezember! Wenn du brav bist, so bringt dir das Christkind vielleicht ...! Was denn? – Einen neuen Anzug! Das regte nicht besonders auf; denn gerade auf Anzüge legte man im Zusammenhang mit dem Christkinde eigentlich wenig Wert. Ein Paar neue Schuhe! Auch das verfing nicht sonderlich. Einen Hosenträger! Die ersten Taschentücher! Das ließ sich schon eher hören; denn das waren doch wenigstens Embleme der Männlichkeit, des Erwachsenseins! Erst die ganz schwache, durch viele Bedingungen, Einschränkungen und Vorbehalte verklausulierte Möglichkeit, daß es am Ende eine Eskadron Dragoner oder eine Kompagnie bosnischer Infanterie geben könnte, versetzte die kindliche Phantasie in Fieber. Und dann, wenn die Zauberglocke endlich geläutet hatte, wenn die geheimnisvolle Tür aufging und der Märchenbaum mit den stillen, harzduftenden Lichtern, überflittert von Flimmerfäden und Silbersternen, über alle Träume schön vor einem stand, dann hatte das Bravsein immer gerade nur für die eine oder die andere Unumgänglichkeit ausgereicht, vielleicht auch noch für den Hosenträger oder ein halbes Dutzend Taschentücher. Die Bosniakenkompagnie aber war auf einen Zug zusammengeschrumpft, und die Eskadron Dragoner ...? Da stieg es mitten im Lichterglanz plötzlich in pochenden Wellen aus der Tiefe der Brust, das Herz schien sich mit Weh vollzusaugen wie ein Schwamm, und in den Augen flimmerten mannhaft zurückgehaltene, aber um so heißere Tränen. Die guten Eltern hielten es natürlich für eitel Dankbarkeit und Rührung, in Wirklichkeit aber war's wohl Scham, Zerknirschung, Trotz. Und darum sage ich: einmal im Jahre muß es auch für das Kind die heiligen Hallen geben, in denen man die Rache nicht kennt! Einmal im Jahre muß der Augenblick möglich sein, in dem der Vater nicht der Büttel des Schulmeisters ist, und das Wort »Nichtgenügend« darf nicht fallen in der Nacht, da die Engel den Hirten sangen: »Ehre sei Gott in der Höhe und Friede den Menschen auf Erden, die eines guten Willens sind!« Denn an gutem Willen hat es noch keinem Kinde gefehlt zwischen Nikolo und Christkind.

Indessen, ich bin in den Fehler verfallen, daß ich das Evangelium vor der Epistel gelesen habe, und so kehre ich denn wieder zurück zum Gloria, das diesfalls gleichbedeutend ist mit dem Sonntag, der die Weihnachtswoche einleitet und der in Wien bekanntlich der »goldene« genannt wird. An ihm sind alle Geschäfte von morgens bis abends geöffnet, und er ist es, an dem die Wiener alten Schlages mit den Weihnachtseinkäufen begannen. Daß da jede Familie ihre bestimmten Stammfirmen hatte, bei denen man einzig und allein schon deswegen einzukaufen hatte, weil bereits Eltern und Großeltern dort Kundschaft waren, ist selbstverständlich. So wurde in meinem Elternhause der Lebzelten nur beim »Süßen Löchel« in der Rotenturmstraße, der Weihnachtsstriezel nur beim Hofbäcker Breunig und der Silvesterpunsch nur bei den »Drei Laufern« am Michaelerplatz bezogen, ebenso wie man um die Peregrinikipfeln in die Servitengasse auf dem Alsergrund und um die Mandelbögen zum Trenczensky in die Wollzeile pilgern mußte. Den Sündenbraten aber, durch den man sich neben Gott ein zwar nicht geschnitztes, aber aus Schweineschmalz herausgebackenes Bild machte, um dasselbe am Fasttage anzubeten, den Karpfen, pflegte mein Vater als leidenschaftlicher Angelsportler persönlich einzukaufen, und zwar ausschließlich am Schanzel. Und wenn ich »brav« war, durfte ich ihn dahin begleiten. In Wahrheit aber riß ich mich gar nicht so sehr darum; denn ... Doch davon später!

Das Schanzel, im Wienerischen soviel wie kleine Schanze, war ehemals jener Teil der Bastei, durch den in der Gegend der Roßauerlände das sogenannte Schanzeltor zum Donauarm hinunterführte. Adalbert Stifter läßt seine drei Studenten, die von Linz her den Strom herabgefahren waren, ihr Reisegepäck am Schanzel landen, und ältere Einheimische erinnern sich noch, daß dort die Obstschiffer aus Oberösterreich anzulegen pflegten, um ihre Ware an Ort und Stelle im großen loszuschlagen. Mir selbst ist jene Gegend, die man damals so benannte, nur mehr als weihnachtlicher und österlicher Fischmarkt in Erinnerung.

Auf einem schmalen, mit Bäumen und Sträuchern bestandenen Uferstreifen zwischen Franz-Josefs-Kai und der steilen Grasböschung, die zum Flusse abfällt, waren da in ziemlich willkürlichem Durcheinander viele Stände errichtet, und die ganze Anlage, die dem zufälligen Überbleibsel einer Au nicht unähnlich sah, roch nach Fischen, die, teils noch lebendig, in Bottichen aufbewahrt, teils bereits geschlachtet, auf Verkaufstischen ausgelegt waren. Dieser Geruch nun nach fauligem Wasser und Tang, der Anblick des vielen Blutes, das allenthalben von Hackstökken und -brettern floß, die Todeszuckungen der Tiere, die man mit Holzschlägeln abschlug, die klaffenden ausgeweideten Leiber, die starren, bösen Augen all dieser silberschuppigen Leichname, von denen man rottriefende Scheiben hackte, verursachte mir ein Grauen und Übelsein, das nur notdürftig durch das Phantastische dieses

Marktes gemildert wurde. Denn Fackeln und Windlichter aller Art überflackerten in der frühen Winternacht mit Glut- und Schattenflecken die Gesichter der Händler und ihrer feisten, schreienden Weiber. Grelle Reflexe zuckten und züngelten aus den Pfützen zergangenen Schnees und Spülichts, streiften das Metall der Waagschalen, in die unaufhörlich schwarze, eiserne Gewichte klirrten, und wenn, wie zumeist, ein scharfer Dezemberwind blies, so hüllte er das ganze Treiben in eine aufregende und gespenstische Musik der knatternden Flachen und ächzenden Zweige. Das Ärgste aber war mir, daß ich den von meinem guten Vater nach langem, sachverständigem Feilschen erhandelten Kadaver, der meist nur lose in braunes, nasses Packpapier eingeschlagen war, nach Hause tragen mußte. Diese väterliche Falschheit, die mein »Bravsein« nur zum Vorwand nahm, um das widerwärtige Paket nicht selber schleppen zu müssen, und die ich sonnenklar durchschaute, erboste mich besonders. Jedenfalls hätte mich am anderen Tage keine Gewalt der Erde dazu vermocht, auch nur einen Bissen vom Fisch oder auch nur einen Löffel von der als Delikatesse verschrienen Fischbeuschelsuppe zu mir zu nehmen. Da mir aber in meinem Elternhause, wie man in Wien sagt, keine »Extrawürste« gebraten wurden, so war ich am Fastenmittag der einzige in der Familie, der wirklich fastete. Dies ist der Grund dafür, daß ich, seitdem ich selbständig geworden, an Fasttagen mit Vorliebe – Fleisch esse und trotzdem nicht minder zur Seligkeit zu gelangen hoffe als sämtliche Karpfenesser Wiens vom Kardinal-Erzbischof abwärts!

Erich Fried

Bekenntnis zu Wien

Ob dem, der keine Heimat hat,
ein Liebeslied gelingt
auf seiner Kindheit Vaterstadt,
beladen und beschwingt?
Weil du mit keinem Trunk mich labst,
trink ich zu dir mir Mut. –
Daß du mir doch das Leben gabst,
mein Wien, ist gut.

Du trugst mir meinen Vater aus,
bis dich die Nacht umfing.
Sie brachten sterbend ihn nach Haus.
Er liegt in Simmering.
Ob heut du fernher in mir wirkst,
ob mir dein Pulsschlag ruht, –
daß du mir meine Toten birgst,
mein Wien, ist gut.

Des Knaben Zeit hast du gekannt,
du locktest lang zur Nacht.
Die Mannheit hat mich wundgebrannt,
und du hast sie entfacht.
Auch wenn du, Mädel, längst verkamst
in Not und faulem Blut; –
daß du mir meine Unschuld nahmst,
mein Wien, ist gut.

Du hast mich aufgezogen, Stadt,
dann stießest du mich aus.
Nur wer schon Eis im Herzen hat,
hockt, wo es brennt, im Haus.
Drum, als du Achtundreißig schriebst
in Schande und in Wut, –
daß du mich aus den Grenzen triebst,
mein Wien, ist gut.

Weil ich nun in der Fremde wohn,
verschwimmst du oft in mir.
Und machmal braucht es Mühe schon,
daß ich dich nicht verlier.
Du meine Freude und mein Weh,
du Angst und banger Mut! –
daß ich dich einmal wiederseh,
mein Wien, ist gut.

H. C. Artmann

wos an weana olas en s gmiad ged:

a faschimpöde fuasbrotesn
a finga dea wos en fleischhoka en woef kuma is
drei wochleid und a drafik
a giatlkafee met dischbost
a schas med qastln
a eadepfösolod
da rudoef koal en da gatehosn
de schdrossnbaunilustriade
a schachtal dreia en an bisoaa
a söbstbinda zun aufhenkn
a zqetschta rola en an autoküla
de muzznbocha med an nosnraumö oes lesezeichn
a schrewagatal en otagring
a foeschs gebis en da basena
a zbrochns nochtgschia
a r ogschöde buanwuascht
a daunauschdrom zun fiassbodn
a gashau zun aufdran
a kindafazara wossaleichn foxln
wimmalagentn radeschöla kinokoatn
a saffalade zun umhenkn
de frau nowak
en hean leitna sei schwoga
en mozat sei notnschdenda
qagln en essechundöö
es genseheiffö
a rodlbadii met dode
es gschbeiwlad fua r ana schdeeweinhalle
und en hintagrund auf jedn foe:
da liawe oede schdeffö!

Gerhard Fritsch

Prater

Gespenster, ledern, auf knatterndem Blech,
jagen Autokaskaden, jagen sie
tiefer hinein in den Metallherbst.
Eisenbahn schüttert, rumpelt die Tramway,
zwinkert grün und rot drüber hin
die Kursmaschine nach London.

Scheppernd drehn
sich alle Ringelspiele der Flucht,
der Flucht im Kreise,
im Kreis um die Mitte,
wo im Dunkel
Kalafati steht
der große Chinese.

Dunkel ist's dort.
Man sieht ihn schlecht.
Er trägt, geht das Gerücht, nun eine Sanduhr,
hält eine Schaufel
und grinst.

Alles, was wir bezahlen,
ist Geld für die Reise
zu ihm.

Jörg Mauthe

II. Lektion – Durch die Seele des Wieners

Zwei Wiener diskutieren.

Einer entwickelt seine Meinung und begründet sie. Der andere bringt hierauf eine ganz und gar gegensätzliche Meinung vor und stützt sie ebenfalls mit guten Gründen.

Wird daraus ein Streit entstehen? Werden sich die Gesprächspartner veranlaßt fühlen, ihre Meinungen gegeneinander abzuwägen? Werden beide versuchen, in logischer Argumentation die Richtigkeit der eigenen und die Unrichtigkeit der anderen Meinung nachzuweisen?

Da es sich um Wiener handelt, werden sie nichts dergleichen tun. Vielmehr wird der eine, nachdem er die Meinung des anderen zur Kenntnis genommen und kurz bedacht hat, mit höchster Wahrscheinlichkeit nur jene drei einsilbigen Worte äußern, in denen alle Weisheit dieser Stadt beschlossen ist: »Is auch wahr ...« wird er sagen.

Und sodann werden sich die beiden harmlos plaudernd anderen Dingen zuwenden, ohne zu ahnen, daß sie den Kristallpalast abendländischer Logik soeben in einen Haufen von Glasscherben verwandelt haben.

Die angewandte Relativitätsphilosophie des Wieners kennt keine Unvereinbarkeit der Gegensätze, weil sie keine Gegensätze kennt: denn wenn das eine wahr und das andere auch wahr ist, kann es sich nicht um Gegensätze handeln, sondern höchstens um die Vorderseite und den Revers derselben Medaille. Allüberall mag das Gesetz von dem Raum gelten, den zwei Dinge nicht zur selben

Zeit einnehmen können – in Wien gilt es nicht. Wien ist groß und klein, alt und jung, Wien stirbt seit Jahrhunderten in Schönheit und gedeiht dabei sehr gut, Wien ist eine Weltstadt und das größte Dorf Europas, eine westliche Stadt am Rande des Ostens, Wien hat alles und ist alles und hat und ist von jedem zugleich auch das Gegenteil – Wien ist die Stadt der wollüstig gelebten Relativitäten.

Aber auch mit der Zeit hat's in Wien eine eigene Bewandtnis.

Daß die verbindliche Umgangssprache Österreichs, das Wienerische, kein Imperfektum kennt, mag es mit anderen Dialekten und Sprachen gemein haben. Bedeutsamer ist, daß sich der Wiener auch dann der Mitvergangenheit enthält, wenn er sich infolge ungünstiger Bedingungen des Schriftdeutschen oder gar des Hochdeutschen bedienen muß; wohl nirgends in der Welt müssen die Lehrer so viel Mühe aufwenden, wenn sie ihren Schülern die Imperfektformen der Zeitwörter beibringen wollen. Der Wiener ging also nicht durch die Zeiten und überstand dabei nicht alles Ungemach, er ist vielmehr durch die Zeiten gegangen und hat dabei selbst die Heurigenfilme überstanden. Er lag nicht darnieder und raffte sich immer wieder auf, sondern er ist darniedergelegen und hat sich immer wieder aufgerafft. Und es interessiert ihn wenig oder gar nicht, ob sich dieses Darniederliegen und Auferstehen vor kurzer oder vor langer Zeit abgespielt hat, denn was nicht unmittelbare Gegenwart ist, ist in Wien auch schon der Vergangenheit anheimgefallen, wird schon ein wenig ungewiß, ist unbestimmbar geworden, ist endgültig vorbei.

»Es ist ein Unglück passiert ...« sagt der Wiener. Noch liegt das Krachen ineinanderfahrender Autos in der Luft, heulend sausen Rettung, Polizei und Feuerwehr heran, blutüberströmte Verkehrsopfer bedecken die Straße – aber das eigentliche Unglück ist passiert, passé, vorbei, schon in die Vergangenheit gerückt. Was immer in Wien geschieht, ist auch schon geschehen – und darum wehrt sich der Wiener nicht sehr gegen die weitverbreitete Meinung, daß er mehr in der Vergangenheit als in der Gegenwart lebe. Sie ist ja wahr.

Aber weil ihm die Gegenwart so schnell zur Vergangenheit wird, bleibt ihm wiederum die Vergangenheit etwas sehr Gegenwärtiges. In einer Wiener Vorstadtkirche steht auf einer Gedenktafel zu lesen: »Anno 1683 von den Türken zerstört, anno 1688 wieder aufgebaut, anno 1945 bombenbeschädigt, anno 1951 wieder aufgebaut.« Zweihundertsechsundsiebzig Jahre oder vierzehn Jahre – Vergangenheit ist Vergangenheit, aber deswegen noch lange nichts Totes.

Das ist auch wahr.

Während ich das schreibe, kommt mein Achtjähriger zur Tür herein und fragt: »Papa! Wer war denn eigentlich der Heilhitler?« In Wien gibt's eben keine Mitvergangenheit.

In einer Stadt, die sich so souverän über normale Raum- und Zeitbegriffe hinwegsetzt, in der das Absolute so wenig und das Relative so viel zählt und die Beziehungen zwischen den Dingen wichtiger als die Dinge selbst sind, in einer solchen Stadt gewinnt selbst der Alltag bisweilen artistischen, spielerischen, jedenfalls aber einen recht ungewissen Charakter. Selbst auf den geborenen und gelernten Wiener wirkt Wien zu gewissen Zeiten wie ein leichtes Rauschgift, das ganz unzuverlässigerweise manchmal Euphorien, manchmal Melancholien hervorruft. Was immer man in Wien betrachtet, gleicht einem Bild im Kinderkaleidoskop – es sieht ordentlich und solid aus, aber ein Wimperzucken genügt und schon ist es passiert: das Bild ist zwar unwiederbringlich dahin, aber schon erstrahlt an seiner Stelle ein anderes.

Ist es ein Zufall, daß in der Wiener Literatur der Traum eine so häufige und wichtige Rolle spielt? Immer wieder taucht dieses Motiv auf: einer, der mit dem Leben unzufrieden ist, träumt von einem anderen Dasein – aber auch im Traum passiert ihm nichts anderes als das, was ihm schon im Leben widerfahren ist oder noch widerfahren wird. Denn zwischen Traum und Leben ist kein Unterschied, beide sind ein und dasselbe. Sigmund Freud hat es sogar wissenschaftlich bewiesen, was einem Wiener nach all dem ja auch wohl ansteht. Denn Wien ist die Stadt der Träume.

Ernst Jandl

franz hochedlinger-gasse

wo gehen ich
liegen spucken
wursten von hunden
saufenkotz

ich denken müssen
in mund nehmen
aufschlecken schlucken
denken müssen nicht wollen

d' oide antisemitin

d'oide antisemitin
waa heit gean a jiidin
dos sogn kennt: schauz mi aun
d'nazi hom uns nix daun

Ingeborg Bachmann

Stadt ohne Gewähr

Stadt ohne Gewähr!

Laßt mich nicht von irgendeiner Stadt reden, sondern von der einzigen, in der meine Ängste und Hoffnungen aus so vielen Jahren ins Netz gingen. Wie eine große, schlampige Fischerin sehe ich sie noch immer an dem großen gleichmütigen Strom sitzen und ihre silbrige und verweste Beute einziehen. Silbrig die Angst, verwest die Hoffnung.

Beim Schwarzwasser der Donau und dem Kastanienhimmel über den schimmelgrünen Kuppeln:

Laßt mich etwas von ihrem Geist hervorkehren aus dem Staub und ihren Ungeist dem Staub überantworten! Dann mag der Wind kommen und ein Herz hinwegfegen, das hier stolz und beleidigt war!

Strandgutstadt!

Denn Länder wurden an sie geschwemmt und Güter aus anderen Ländern: die Kreuzstichdecken der Slowaken und die pechigen Schnurrbärte der Montenegriner, die Eierkörbe der Bulgaren und ein aufsässiger Akzent aus Ungarn.

Türkenmondstadt! Barrikadenstadt!

Soviel zerbröckelter Stein, soviele hohle Wände sind da, daß man es flüstern hört von langher, von weither.

O alle die Nächte, die aufkamen in Wien, soviel bittere Nächte! Und alle die Tage, die es dir hinwarf mit dem Gesumm aus Schulhäusern und Irrenanstalten, Altersheimen und Krankenzimmern, wenig gelüftet und selten geweißt, alle die Tage, von ganz schüchternen Kastanienblüten umschwärmt! O alle die Fenster, die nie aufgingen, alle die Tore, als ging's durch kein Tor hinaus, als gäb es den Himmel nicht!

Endstadt! als gäb es kein Gleis hinaus!

Hofrätliches und Abgetretenes in Kanzleien. Nie ein hartes Wort in den Vorzimmern, immer ein kränkendes. (Hinhalten, nicht abweisen.)

Es ist die Frage, ob man lieben muß, was man nicht lieben mag, aber die Stadt ist schön, und ein umständlicher Dichter stieg auf den Turm von St. Stephan und huldigte ihr.

Alles ist eine Frage des Nachgebens, des Beipflichtens. Aber einige tranken den Schierlingsbecher unbedingt.

Die üble Nachrede ist mit dem weichen Herz im Vertrag. Aber einige hatten ein Herz mit einem wilden flachsigen Muskel und eine Rede, die in Rom gegolten hätte. Sie waren feindselig, verhaßt und einsam. Sie dachten genau, hielten sich rein und ließen die Quallen unter sich.

Einige hatten Worte zur Verfügung, die sie wie Leuchtkäfer in die anbrechende Nacht schickten und über die Grenzen. Und einer hatte eine Stirn, die blau und tragisch erglühte zwischen den Gezeiten aus Sprachlosigkeit.

Scheiterhaufenstadt, in der die herrlichsten Musiken ins Feuer geworfen wurden, in der bespien und geschmäht wurde, was von den aufrechten Ketzern kam, den ungeduldigen Selbstmördern, den gründlichen Entdeckern, und alles, was von dem geradesten Geist war.

Schweigestadt! Stumme Inquisitorin mit dem unverbindlichen Lächeln.

––– aber das Schluchzen aus lockeren Pflastersteinen, wenn einer darübertorkelt, jung, geschunden vom Schweigen, ermordet vom Lächeln. Wohin mit dem aufkommenden Schrei aus einer Tragödie?!

Komödiantenstadt! Stadt der frivolen Engel und einer Handvoll versatzamtreifer Dämonen.

Schüchterne Stadt im Zwiegespräch, schüchterner Keim in einem Gespräch von morgen.

Stadt der Witzmacher, der Speichellecker, der Spießgesellen. (Für eine Pointe wird eine Wahrheit geopfert, und gut gesagt ist halb gelogen.)

Peststadt mit dem Todesgeruch!

Beim Schwarzwasser der Donau und dem schmutzigen Öl in der Weite:

Laßt mich an den Glanz eines Tages denken, den ich auch gesehen habe, grün und weiß und nüchtern,
nach gefallenem Regen,
als die Stadt gewaschen war und gereinigt,
als sternförmig die Straßen von ihrem Kern,
ihrem starken Herz, ausliefen, gereinigt,
als die Kinder in allen Stockwerken eine neue Etüde
zu üben anfingen,
als die Straßenbahnen vom Zentralfriedhof wiederkamen
mit allen Kränzen und Asternsträußen vom vergangenen Jahr,
weil Auferstehung war,
vom Tod,
vom Vergessen!

Helmut Qualtinger
Der Ableger

Ein männliches Wesen (sitzt in der Stadtbahn, blickt hin und wieder aus dem Fenster). I bin der größte Trottel von Wien … Daß mir das noch nie aufgfalln is. Ich habs ja schon oft ghört in mein Leben, aber i hab immer glaubt, das is nur so a Redewendung. Und wenn man so in der Straßenbahn sitzt, würde mans ja nicht vermuten. Siebenundsechzig Jahre habe ich geschwiegen, und jetzt hört mi niemand. Am Anfang hab i ja noch net reden können, und meine Mutter hats mir erst am Totenbett gsagt … Sie ist ja sitzend gstorbn. Mitten im Beruf in der öffentlichen Bedürfnisanstalt am Neuen Markt, wo jetzt die halbfertige U-Bahnstation dahinschimmelt. 1918 hat die Grippe viel dahingerafft, drum ist das Geld seither nix mehr wert … »Geh nach Deutschland wie dein Vater, hats gsagt, dort sans nervös ... Laß dir an Bart wachsn und reiß die Goschn auf, dann glaubens, du bist einer von ihnen …« Mit acht Jahr wird man lieber Straßenbahnschaffner, und deutsch hab i a net gut können. Meine Schulfreund waren alle Böhm und Juden.

Mei Vater hats sicher a net mögen, die Deutschen, bis zu seinem Tod net, sie haben ihn nicht einmal anständig begraben ... A Grab hätt er sicher in Wien, und ich hätt zu Allerheiligen eine zweite Bleibe … Aber vielleicht möcht er noch leben und ich müßt ihn pflegen, und das hab ich in meinem ganzen Leben, zu allen Zeiten erreicht, daß ich allein bin.

Der Donaukanal wird auch net schöner. Ich hab nie verstanden, warums ihn net zuschütten … Ich hätt a Menge

Pläne zum Neubau Wiens ghabt, wies zerstört war, aber zuerst waren die Alliierten da, und die habens an die Parteien verkauft ... Jetzt bauens wenigstens. Wie ich zum Arbeiten angfangen hab, ist grad die Arbeitslosigkeit nach Österreich kommen, und i war wieder ohne Einkommen ... Aus der Wohnung vom Mutterl hat man mich nicht ausweisen können ... So an Mieterschutz gibts in ganz Deutschland nicht ... Und Vergnügungen wie Oper oder Heuriger waren mir fremd ... Für was soll ich mich begeistern in einer Stadt, wo man von der Stadtbahn in die Gemeindewohnungen hineinschaun kann und das ganze Elend sieht? Drum hab ich auch nie eine nähere Bindung eingegangen, auf kan Foto werds ihr mich mit einer anderen Frau außer meiner Mutter sehen können. Dabei bin i viel fotografiert worden, mit die Arbeitskollegen, mit die Hund und Kinder aus der Nachbarschaft und auch am Kobenzl. Der hat kan Krieg braucht, der is auch so verfallen. Zum ersten Mal hab i mein Vater reden ghört, da hats noch die Kopfhörer geben. Es war unbequem, im Bett, und er hat gsagt, daß die Deutschen früher aufstehen sollen, erwachen. Mich hat das nicht berührt, weil wenn i aufgstanden wär, hätt ich eh nix zstun ghabt. Da hab ich beschlossen, Hundeführer zu werden, beim alten Bundesheer ... Viel Möglichkeiten hab ich ja net ghabt, mein angeborenes Augenleiden hat sich verschlechtert, dann hab ich Augengläser tragen müssen. Der Fehler war, die Leut haben mich immer für intelligenter ghalten als ich bin, jetzt fallts mir erst auf, ich hab nie Freund ghabt, nur Kameraden, Arbeitkameraden.

Vom Bundesheer bin ich weg, einen Hund hab ich mir behalten, einen Blindenhund, man kann ja nie wissen. Dann war ich am Bau, bei der Reichsbrückenreparatur

1935, und ich kann sagen, die Reichsbrücke ist zum Teil mein Werk. Ich hätts ja in die Stadt hinein verlängert, da braucherten wir ka U-Bahn, und die Ausländer wären im Ausland. Ich fühl mich immer so eingeengt, obwohl der Waggon leer is.

Dann is mei Vater zum ersten Mal nach Wien kommen, aber ich hab mich net aufgedrängt. Es war eh a Art Familientreffen, aber mich hat niemand kennt. A schöner Märztag wars, die ganze Gassn war leer, und i hab die Grippe ghabt. An sich hätt ich ihm ja gern mein Hund zeigt und auch Wien. I glaub, er war net einmal beim Heurigen, nur beim Juwelier, weil er immer von Perlen gredt hat und von Fassungen.

Kaum war ich fieberfrei, is er wieder nach Deutschland. Bis Linz hätt er mi wenigstens mitnehmen können, weil i hab in meiner Roßfleischhauerei, wo i tätig war, an Ariernachweis braucht, und er war doch dort aus der Gegend. I persönlich hab ja nie an Arier kennenglernt, aber vielleicht arbeitens jetzt auch bei der U-Bahn, das Gsindel, man weiß ja net. Mein Chef hat a Tafel aufgstellt »Vegetarisches Geschäft«, und da hat der Krieg angfangt. Alle Leut san herumkommen auf der ganzen Welt, an schönen Urlaub hat er sich gmacht, der Vater, sogar in Paris war er und überall, wo er hinkommen is, haben die Leut gsungen. Und er is nie zum Sitzen kommen. Dabei war er nicht gesund, das weiß ich von meiner Mutter. Einlagen wird er ghabt haben, aber die Leut haben net so auf seine Füß gschaut. Die Hand war immer ausgstreckt, aber umgekehrt, net so wie bei die Bettler, das hab ich an ihm bewundert. Glacht hat er selten, aber das liegt in der Familie. Mir gehts a so. Manchmal im Traum lach i, aber da kann i mi in der Früh net erinnern.

Dazwischen hat er Händ gschüttelt und hat Reden ghalten. Wie ihm das alles eingfallen is! Und manchmal im Kino, wenn ihm was net gleich eingfalln is, hab i direkt den Eindruck ghabt, er denkt an mich. Mir wars eher langweilig, der Hans Moser hat mir besser gfalln. Warum hat er nie so was gsungen wie die »Reblaus«? Meine Mutter hat gsagt, er hat sich nur für die Oper interessiert. Ich war nie in der Oper. Wenn man sich ernste Gedanken macht übers Leben, hat man ka Zeit für so was.

Die Mariahilferstraße hat ihren Lichterglanz angelegt. Für die ist das ganze Jahr Weihnachten. Mir hat er nie was gschickt, aber i hab mi ausschlafen können. Zum Geburtstag wollt ich mir immer selber was schenken, aber i kann mi für nix entscheiden. Fernsehen hats damals noch net geben, sonst hätt er sicher a eigene Show ghabt. Das hätt mi vielleicht interessiert, weil i mag schöne Lieder und Kostüme.

Man hat ihn immer seltener gsehn, nur mehr Panzer und Flugzeuge, ich bin immer weniger ins Kino gangen. Das hat mi net interessiert, denn die Flieger hab i in der Luft gsehn, und in unserer Gassn war a Panzer, der hat sich beim Hausmeister a Benzin ausborgt, a Ausländer, frech, wahrscheinlich is er jetzt a bei der U-Bahn.

Irgendeinmal habens ihn umbringen wollen, i verstehs net, er hat doch nix ghabt, aber es san Leut schon für weniger umbracht worden. Wahrscheinlich hat er sich gstritten mit die Deutschen, die wollen einen ja net verstehn. Wanns net grad beim Heurigen und antschechert san.

Ich hab meinen Beruf gewechselt und hab ein Lager beaufsichtigt. Ein Lagerhaus an der Donau. Dort wars ungemütlich. Ich war froh, wie die Zeit vorbei war. I will von die Lager nix mehr wissen.

Die Zeit is net besser worden, dann hat man lang nix mehr ghört von ihm, die einen sagen, er lebt noch, in die Zeitungen sieht man hin und wieder Bilder von ihm, aber im Grunde genommen is er verkommen wie a Schaas im Wald.

Einen Freund hat er noch, der sitzt in Berlin im Häfen, aber ich kann mich nicht entschließen, ihn zu besuchen, obwohl wir uns vielleicht viel zu sagen hätten. Na ja, so lebt man halt, in die Kirchn geh ich manchmal, i war schon lang net dort, die heizen so schlecht, ich hör auch net gut.

(Stille)

Aus Fehlern lernt man, aber ich hab nie Fehler gmacht. Vielleicht war das mein Fehler … Komisch … I bin kein politischer Mensch, aber ans wollt i mein Vater immer fragen: was er gegen die Juden hat, wenn er sogar die Deutschen aushalt.

(Dunkel)

Werner Schwab

Joe Mc Vie *(Auszug)*

Übermütig fuhr Mc Vie schwarz mit der Straßenbahn. Übermütig erschien ihm die Schwärze deshalb, weil er es ansonsten wie weniges liebte, geradezu scheintot, in das sogenannte Narrenkastl zu starren, das sich, seiner gezündeten Blickrichtung folgend, außerhalb der Tramway befinden mußte, und dies alles mit einem gültigen Fahrschein. Ohne Fahrschein installierte sich die Aufgabe, ein Mindestmaß an Beobachtungsgabe in Anschlag zu bringen, um den als gleichgültigen Straßenmenschen getarnten Kontrolleur gleich erkennen zu können. Noch dazu traten in diesem Stadtviertel die Herren von den Verkehrsbetrieben besonders häufig und meist nur zu zweit, plus Funkgerät, auf.

In der Mitte des Zuges stand ein schöner, junger Flegel, der sich plötzlich heftig auf dem Absatz umdrehte und einem dicklichen Herrn im Staubmantel eine Ohrfeige gab. Sie sind ein Ferkel, Herr Kontrolleur, rief der Flegel, sie stoßen mich immer mit ihrem verschwitzten Bauch an, haben Sie eine Lust, meine Karte zu testen?

Der Kontrolleur sondierte offensichtlich, wahrscheinlich den Dienstvorschriften entsprechend, das Terrain, begriff, daß er allein war, begriff, anhand eines süffisanten Lächelns hinter ihm, daß der Flegel nicht allein war, begriff mit den Augen, viele kleine Zeichen sagten es ihm, daß er dem Flegel ganz unanständig unterlegen war, und das alles summierend begriff er, daß er bloß vorsichtig, möglichst lautlos zu atmen hatte. Der Flegel hielt zur Belustigung etlicher Fahrgäste einen Fahrschein in die Höhe, führte ihn an den Mund, küßte ihn, machte ihn mit weit heraushängender Zunge naß und klebte ihn auf die Halbglatze des Kontrolleurs. Damit die Karte auch wirklich gut hielt, klatschte der Flegel mit seiner stark beringten Hand noch ein paarmal die fleckig werdende Halbglatze und landete am Schluß noch eine fürchterliche Ohrfeige. Oje, daneben, Entschuldigung, Herr Verkehrspräsident.

Mc Vie stutzte. Dem Kontrolleur zuckte es jetzt ganz einfach reflexartig in den Armen, aber eisig hielt er inne, offenbar drohte der andere Flegel hinter ihm mit einem Gegenstand in den Kontrolleursrücken hinein. So, du Schwitzer, sagte der erste Flegel, anbohren hast du mich wollen, jetzt schauen wir aber, ob er dir noch immer steht. Und schon stürzte eine kurze, weite Hose zu Boden. Der dicke Kontrolleurskörper schien zu einer entscheidenden Expansion ansetzen zu wollen, hielt aber wieder inne, der Gegenstand im Rücken hatte große Macht. Flegel eins verzog das Gesicht, so eine kranke Drecksau, rief er, der Herr Verkehrspräsident kann das Wasser nicht halten, zuerst geil sein und dann die Hosen voll haben. Die Tür öffnete sich, die Flegel raus, der Kontrolleur zog bedächtig seine Hose hoch, löste vorsichtig das Ticket von der Stirn und betrachtete interessiert, ja konzentriert, die vorbeiziehende Vorstadt. Eine präsidiale Vervielfältigung, dachte Mc Vie, ein Ziegel auf dem Weg zur Kirchturmspitze. Nächste Station, der Kontrolleur stieg aus. Mc Vie stieg aus, der Kontrolleur spielte mit seinem Gesicht das mit Füßen getretene Gesetz und bewegte sein schwammiges Fleisch wie ein pazifistischer Sheriff, der nach Jahren verbal erzwungener Gerechtigkeit wieder zum Colt greift. Mc Vie folgte ihm müßig eine halbe Straße lang. Er stellte sich die Mechanismen vor, die der Kontrolleur in Gang setzen würde, um sein erprobtes Selbstwertgefühl wieder einzufangen.

Der Kontrolleur trat eigentümlich vorsichtig auf, als hätte er Angst, seltene Käfer zu zertreten. Der Präsident ist nichts als ein Präsident, so wahr ihm Gott helfe, dachte Mc Vie. Der Kontrolleur schien von guter Konstitution, sein Schritt gab dem Trottoir wieder die Sporen, und da winkte er auch schon einem uniformierten Kollegen, dem er harmlos und kalkuliert fuchtelnd seine Lügengeschichte vorexerzierte.

Neben dem Gasthaus ein vergammeltes Plakat mit dem Schädel des Präsidenten, als er noch kein Präsident war. In der Stirn steckte ein mit einem Filzstift gezeichneter Dolch; Hitlerbärtchen, Bartstoppeln, Hakenkreuze, Draculazähne, alles vorhanden, dachte Mc Vie, nur das Tikket auf der Glatze fehlt.

Im Gasthaus roch es an diesem Mittag besonders scheußlich, nach einem sich hundertfach amortisierenden Speisefett, in dem man schon einen LKW voll Schnitzel mit Pommes herausgebacken hatte. Auf dem als Stammtisch gezeichneten Tisch stand ein grünes Gulasch; nein, sagte sich Mc Vie, es ist nur zu hell, geradezu gelb, und deswegen könnte es genausogut grün sein. Der Wirt grüßte und sagte knapp: Menü heute, Blutwurst. Mc Vie sagte: nein danke, Gulasch. Der Wirt brüllte in seines Rückens Küche: ein Gulasch. Josef Thierschädl aß sein Gulasch. Die zur Ablenkung hinzugefügte Zeitung war voll fremder Gulaschflecken, auf den Sportseiten vorwiegend Blutwurstflecken. Da entdeckte Mc Vie auf der Fernsehprogrammseite einen grünen Fleck. Kürbiskernöl, durchzuckte es ihn, das gibt es nur in der Steiermark. Herr Wirt, Herr Wirt, sagen Sie bloß, Sie haben ein Kernöl, sprudelte Mc Vie. Ein was? Na der grüne Fleck! Pfefferminzlikör, selber angepatzt, gleich nach dem Frühstück, der Wirt grinste. Der ist eine größere Sau als ich, dachte Mc Vie, trinkt in der Früh einen Pfefferminz.

Mc Vie hatte sein Entsetzen über das Essen den fremden Entsetzen über die Essen auf den Zeitungsfetzen hinzugefügt. Dem Präsidentenphoto auf Seite zwei war mit einem ätzenden Fettfleck derart zugesetzt worden, daß der dunkle Präsidentenhintergrund den Präsidenten, ausgenommen die winkende Präsidentenhand, praktisch neutralisiert hatte. Mc Vie verstand, wie immer in halböffentlichen und öffentlichen Situationen, am meisten von den Abläufen im Wirtshaus. Er beschloß abzufärben und wurde ganz reißerisch aufgelegt. Irgend so ein geiler Hundesack hat die Seite fünf mit dem Mädchen herausgerissen, knurrte er. Die einsamen Herzen bluten am Abort, sagte der Wirt. Der Wirt war ein detailfreudiger, auf recht angenehme Weise perverser alter Tscheche. Sein Biographisches hatte er mit Stichworten, die alle Höllen dieses Jahrhunderts bezeichnet hatten, angedeutet. Er und Mc Vie mochten sich, weil sie voneinander wußten, durch ein immer unausgesprochenes Wissen, daß man das Nebensächlichste und das Dreckigste einer Sache herausfinden muß, um des Höchstmöglichen habhaft zu werden. Sein Personal hielt der Wirt an, möglichst schlecht zu kochen, damit ihm die Leute, die gerne gut essen, vom Leibe blieben. Denn wer diese Scheiße noch hinunterbringt und das freiwillig, der kann kein schlechter Mensch sein, sagte er, so einem spendiere ich dann einen Schnaps. Ich koche sauber, aber grauenhaft. Mc Vie gewann den Kampf gegen das Gulasch und nahm mit Siegerlächeln seinen Schnaps entgegen. Alles auf der Kippe, so schön, dachte er.

Biografien

Peter Altenberg (eigentlich: Richard Engländer). Geboren 1859 in Wien, gestorben 1919 ebenda. Schriftsteller.

H. C. (Hans Carl) Artmann. Geboren 1921 in Wien, gestorben 2000 ebenda. Schriftsteller und Übersetzer.

Ingeborg Bachmann. Geboren 1926 in Klagenfurt, gestorben 1973 in Rom. Schriftstellerin.

Eduard von Bauernfeld. Geboren 1802 in Wien, gestorben 1890 ebenda. Schriftsteller.

Elias Canetti. Geboren 1905 in Rustschuck, heutiges Bulgarien, gestorben 1994 in Zürich. Schriftsteller, Literatur-Nobelpreisträger 1981.

Heimito von Doderer. Geboren 1896 in Hadersdorf bei Wien, gestorben 1966 ebenda. Schriftsteller.

Erich Fried. Geboren 1921 in Wien, gestorben 1988 in Baden-Baden. Schriftsteller und Übersetzer.

Egon Friedell (eigentlich: Egon Friedmann). Geboren 1878 in Wien, ebenda 1938 Selbstmord. Kulturphilosoph, Theaterkritiker und Schriftsteller.

Gerhard Fritsch. Geboren 1924 in Wien, Selbstmord 1969 ebenda. Schriftsteller und Übersetzer.

Franz Grillparzer. Geboren 1791 in Wien, gestorben 1872 ebenda. Schriftsteller.

Theodor Herzl. Geboren 1860 in Budapest, gestorben 1904 in Edlach, Niederösterreich. Schriftsteller, Journalist und Politiker.

Ernst Jandl. Geboren 1925 in Wien, gestorben 2000 ebenda. Schriftsteller und Übersetzer.

Theodor Kramer. Geboren 1897 in Niederhollabrunn, gestorben 1958 in Wien. Schriftsteller.

Karl Kraus. Geboren 1874 in Jičín, gestorben 1936 in Wien. Schriftsteller und Feuilletonist.

Anton Kuh. Geboren 1890 in Wien, gestorben 1941 in New York. Feuilletonist und Schriftsteller.

Jörg Mauthe. Geboren 1924 in Wien, gestorben 1986 ebenda. Schriftsteller, Journalist und Politiker.

Johann Nepomuk Nestroy. Geboren 1801 in Wien, gestorben 1862 in Graz. Schriftsteller und Schauspieler.

Alfred Polgar (eigentlich: Alfred Polak). Geboren 1873 in Wien, gestorben 1955 in Zürich. Schriftsteller, Theater- und Literaturkritiker und Übersetzer.

Helmut Qualtinger. Geboren 1928 in Wien, gestorben 1986 ebenda. Schauspieler, Kabarettist und Schriftsteller.

Joseph Roth. Geboren 1894 in Brody, heutige Ukraine, gestorben 1939 in Paris. Schriftsteller und Journalist.

Ferdinand von Saar. Geboren 1833 in Wien, gestorben 1906 ebenda. Schriftsteller

Felix Salten (eigentlich: Siegmund Salzmann). Geboren 1869 in Budapest, gestorben 1945 in Zürich. Schriftsteller und Journalist.

Werner Schwab. Geboren 1958 in Graz, gestorben 1994 ebenda. Schriftsteller.

Hilde Spiel. Geboren 1911 in Wien, gestorben 1990 ebenda. Journalistin und Schriftstellerin.

Friedrich Torberg (eigentlich: Friedrich Kantor). Geboren 1908 in Wien, gestorben 1979 ebenda. Schriftsteller und Journalist.

Franz Werfel. Geboren 1890 in Prag, gestorben 1945 in Beverly Hills. Schriftsteller.

Anton Wildgans. Geboren 1881 in Wien, gestorben 1932 in Mödling. Schriftsteller.

Max Winter. Geboren 1870 in Tárnok, Ungarn, gestorben 1937 in Hollywood. Journalist, Politiker und Schriftsteller.

Stefan Zweig. Geboren 1881 in Wien, Selbstmord 1942 in Petrópolis, Brasilien. Schriftsteller.

Quellenverzeichnis

Peter Altenberg: Wiens Hygiene. Erlebnis. Aus: Wiener Geschichten. Schöffling, Frankfurt am Main 1995

H.C. Artmann: wos an weana olas en s gmiad ged. Aus: Hosn rosn baa, Wilhelm Frick Verlag, Wien 1959. Abdruck mit freundlicher Genehmigung des Thomas Sessler Verlages GmbH, Wien

Ingeborg Bachmann: Stadt ohne Gewähr. Aus: Das dreißigste Jahr. © 1991 Piper Verlag GmbH, München

Eduard von Bauernfeld: Wiener Dialekt. Aus: Buch für uns Wiener, Hirschfeld, Leipzig 1858

Elias Canetti: Die 38er Tram. Aus: Das Augenspiel. Lebensgeschichte 1931–1937. © 1985 Carl Hanser Verlag, München

Heimito von Doderer: Untergang einer Hausmeisterfamilie zu Wien im Jahre 1857. Aus: Die Erzählungen. Verlag C.H. Beck OHG, München. Die erste Auflage ist 1972 im Biederstein Verlag erschienen.

Erich Fried: Bekenntnis zu Wien. Aus: Frühe Gedichte. Claasen, Hildesheim 1986

Egon Friedell: Die Todesnachricht. Eine Wiener Milieustudie. Aus: Abschaffung des Genies. Kremayr & Scheriau, Wien 1993. Abdruck mit freundlicher Genehmigung des Thomas Sessler Verlages GmbH, Wien

Gerhard Fritsch: „Prater". Aus: Gesammelte Gedichte. © Otto Müller Verlag, 2. Auflage, Salzburg 1994

Franz Grillparzer, aus: Der arme Spielmann. Reclam, Ditzingen 1986

Theodor Herzl: Juli – Sonntag im Prater. Aus: Ein echter Wiener. Feuilletons, kommentiert von André Heller. Jugend & Volk, Edition Wien, Wien 1986

Ernst Jandl: franz hochedlinger-gasse. Aus: die bearbeitung der mütze. © 1997 Luchterhand Literaturverlag GmbH, München

Ernst Jandl: d'oide antisemitin. Aus: idyllen stanzen. © 1997 Luchterhand Literaturverlag GmbH, München

Theodor Kramer: Der Würstelmann. Aus: Gesammelte Gedichte in 3 Bänden. Herausgegeben von Erwin Chvojka. Band 3. © Paul Zsolnay Verlag Wien 1997 und 2004

Karl Kraus: Der seelische Aufschwung. Aus: Katastrophe der Phrasen. Suhrkamp Verlag, Frankfurt am Main 1994

Karl Kraus: 's gibt nur an Durchhalter. Aus: Weltgericht. Suhrkamp Verlag, Frankfurt am Main 1988

Anton Kuh: Der wahre und der falsche Heurige. Aus: Der unsterbliche Österreicher. Löcker Verlag, Wien 1999. Abdruck mit freundlicher Genehmigung des Thomas Sessler Verlages GmbH, Wien

Jörg Mauthe: Durch die Seele des Wieners. Aus: Wien für Anfänger. © 2001 Löwenzahn Verlag in der Studienverlag Ges.m.b.H., Innsbruck-Bozen

Johann Nestroy: Es gibt eine Stadt, die heißt Wien. Aus: Heugeign. Aus: Lady und Schneider; Judith und Holofernes. Sämtl. Werke, hist.-krit. Ausgabe. Hrsg. Von John McKenzie. Deuticke, Wien 1988

Alfred Polgar: Zuckerbäcker. Aus: Alfred Polgar, Kleine Schriften (1). Musterung. © 1982 by Rowohlt Verlag GmbH, Reinbek bei Hamburg

Helmut Qualtinger: Der Ableger. Aus: Carl Merz/Helmut Qualtinger: „Travniceks gesammelte Werke“ und andere Texte für die Bühne. Band 3. Werkausgabe in fünf Bänden. Hrsg. Von Traugott Krischke. © 1996 Deuticke im Paul Zsolnay Verlag, Wien

Joseph Roth: Reise nach Kultur-Wien. Aus: Werke. Bd. 1. Das journalistische Werk 1915–1923. Hrsg. Von Klaus Westermann. © 1989 by Verlag Kiepenheuer & Witsch, Köln

Ferdinand von Saar: X. Wiener Elegie. Aus: Ferdinand von Saar, Wiener Elegien, Deuticke, Wien 1997

Felix Salten: Kellner. Aus: Wurstelprater. Fritz Molden Verlag, Wien-München-Zürich 1973. © Lea Wyler

Hilde Spiel: 5. Februar. Aus: Rückkehr nach Wien. © 1968 Nymphenburger in der F.A. Herbig Verlagsbuchhandlung GmbH, München

Friedrich Torberg: Wien? Was ist das: Wien? Aus: Auch das war Wien. © 1984 LangenMüller in der F.A. Herbig Verlagsbuchhandlung GmbH, München

Werner Schwab, aus: Joe Mc Vie alias Josef Thierschädl © 2007 Literaturverlag Droschl Graz-Wien

Franz Werfel: Dezemberabend in Wien 1936. Aus: Das Lyrische Werk. Hrsg. Von Adolf D. Klarmann © 1967 S. Fischer Verlag GmbH, Frankfurt am Main

Anton Wildgans: Geistliche Feste und weltliche Gebräuche. Aus: Musik der Kindheit. Kremayr & Scheriau, Wien 1953

Max Winter, aus: Das goldene Wienerherz, Einleitung. Seemann, Leipzig 1910

Stefan Zweig, aus: Die Welt von Gestern. © 1944 Bermann-Fischer Verlag A.B., Stockholm. Alle Rechte vorbehalten S. Fischer Verlag GmbH, Frankfurt am Main

Adolf Loos
Warum ein Mann gut angezogen sein soll
Enthüllendes über offenbar Verhüllendes

Peter Altenberg
Im Nachtcafé

Karl Kraus
Das sprichwörtliche Wiener Leben
Aphorismen, Satiren & Visionen

Mit freundlicher Unterstützung
der Kulturabteilung der Stadt Wien, Literaturreferat

Verlagsbüro W. GmbH
info@metroverlag.at

Gesamtherstellung: CPI Moravia Books GmbH
Printed in the EU
ISBN 978-3-902517-75-3